A MENTIRA

A MENTIRA

Rio de Janeiro, 2022

Copyright © 2022 por Espólio Nelson Falcão Rodrigues.

Todos os direitos desta publicação são reservados à Casa dos Livros Editora LTDA. Nenhuma parte desta obra pode ser apropriada e estocada em sistema de banco de dados ou processo similar, em qualquer forma ou meio, seja eletrônico, de fotocópia, gravação etc., sem a permissão dos detentores do copyright.

Diretora editorial: *Raquel Cozer*
Coordenadora editorial: *Malu Poleti*
Edição: *Diana Szylit e Chiara Provenza*
Assistência editorial: *Mariana Gomes* e *Camila Gonçalves*
Notas: *Diana Szylit*
Revisão: *Laila Guilherme* e *Daniela Georgeto*
Capa: *Giovanna Cianelli*
Projeto gráfico e diagramação: *Abreu's System*

Dados Internacionais de Catalogação na Publicação (CIP)
Angélica Ilacqua CRB-8/7057

R614m
    Rodrigues, Nelson, 1912-1980
       A mentira / Nelson Rodrigues. — Rio de Janeiro: HarperCollins, 2022.
       128 p. : il., color.

       ISBN 978-65-5511-324-2

       1. Ficção brasileira I. Título.

22-1167
                        CDD B869.3
                        CDU 82-3(81)

Os pontos de vista desta obra são de responsabilidade de seu autor, não refletindo necessariamente a posição da HarperCollins Brasil, da HarperCollins Publishers ou de sua equipe editorial.

Rua da Quitanda, 86, sala 218 — Centro
Rio de Janeiro, RJ — cep 20091-005
Tel.: (21) 3175-1030
www.harpercollins.com.br

Sumário

Nota da editora   9

Nelson Rodrigues: o jansenista brasileiro,
por Renato Noguera   13

A mentira   19

Nelson Rodrigues, a hipocrisia social e o falso moralismo,
por Mariana Mayor   121

Nota da editora

A mentira (1953), primeiro romance-folhetim que Nelson escreveu e assinou com o próprio nome — antes disso, publicou *Meu destino é pecar* (1951), *Escravas do amor* (1951), *Minha vida* (1946), *Núpcias de fogo* (1948) e *O homem proibido* (1951), todos sob o pseudônimo de Suzana Flag — tem algo de despretensioso.

A trama, curta e direta, narrada no presente e com a dinâmica de uma peça teatral, não está interessada em minúcias: em determinada cena, uma personagem perde o nome para se chamar "Fulana". Outra é citada no início do livro e nunca mais torna a ser mencionada. Outros vão mudando de nome ao longo da narrativa: os três genros ora chamam-se Mauro, Aderbal e Alex, ora chamam-se Ubaldo, Aparício e Temistocles. O marido de Isabel é Mauro num primeiro momento, depois Ubaldo e, por fim, Aparício — mas Ubaldo e Aparício não seriam concunhados? Às vezes, os diálogos deixam de ser escritos em travessões e aparecem entre aspas. Em dado momento, em discurso direto, com travessão, uma personagem diz: "Aconteceu isso, assim, assim".

Mas que o leitor mais exigente não se deixe enganar pelas aparentes negligências, pois nada disso faz de *A mentira* um mistério de menor qualidade. Talvez os "descuidos" até operem no sentido oposto, direcionando o olhar para os elementos realmente relevantes, intensificando tudo aquilo que caracteriza uma verdadeira obra de Nelson Rodrigues: as máscaras sociais, a hipocrisia, a imoralidade que reina por toda parte, a fragilidade e a estupidez humanas.

Esses elementos estão patentes no misterioso caso da menina de catorze anos que arranca suspiros de todos à sua volta (inclusive familiares), que engravidou não se sabe de quem e que, ironicamente, dentro de uma casa onde moram dez pessoas, é a mais indiferente à própria condição. Acontece que essa busca desesperada por uma resposta no fundo pouco importante levará a família a um vórtice de segredos revelados, confissões surpreendentes, atitudes alucinadas, numa narrativa absolutamente imprevisível, cheia de suspense.

Publicado de junho a outubro de 1953 na *Flan*, a revista semanal d'*O Jornal da Semana*, *A mentira* contou originalmente com dezenove episódios, divididos em dezoito capítulos — entre o capítulo 4 e o capítulo 5, há um não numerado. Quando a obra saiu em livro pela primeira vez, em 2002, o capítulo não numerado ficou de fora. Aqui, ele foi mantido como continuação do capítulo 4.

A cada novo capítulo, parece que um novo suspense se coloca na história, ou uma nova intriga. Foi assim que, por quatro meses, Nelson Rodrigues manteve seus leitores curiosos, imaginando desfechos possíveis, tentando adivinhá-los… Mais de sessenta anos depois, o efeito é o mesmo — ainda que não seja necessário esperar uma semana para conhecer o novo capítulo.

Boa leitura!

Nelson Rodrigues: o jansenista brasileiro

Renato Noguera

O jornalista Nelson Rodrigues (1912-1980) estreou como folhetinista em *O Jornal*, em 1944, sob o pseudônimo Suzana Flag, com *Meu destino é pecar* – que seria seguido nos anos seguintes por outros folhetins, assinados como Flag ou Myrna. A partir de 1950, Nelson passou a escrever a celebrada coluna *A vida como ela é*, que durou até o início da década de 1960. Foi nesse ínterim, em 1953, após pedidos do editor Samuel Wainer, que o público do semanário *Flan: O Jornal da Semana* foi presenteado com um folhetim em 18 capítulos chamado *A mentira*, o primeiro que Nelson assinou com seu próprio nome, e que, sem dúvida, tem elementos em comum com uma das mais conhecidas peças teatrais rodrigueanas, *Os sete gatinhos* (1958).

É preciso demarcar um aspecto geral de muito relevo no conjunto do pensamento rodrigueano. Na obra *Panorama do teatro brasileiro*, publicada em 1962, o historiador e crítico teatral mineiro Sábato Magaldi (1927-2016) defende a tese de que Nelson Rodrigues era o jansenista brasileiro. O jansenismo, vale dizer, foi um movimento teológico que surgiu na França do século XVI, um dos princípios estabelecidos pelo bispo Cornélio Jansênio (1585-1638) e que pode ser resumido assim: o ser humano não tem livre-arbítrio, e por sua natureza decaída não pode fazer o bem; apenas a graça divina pode redimir os seus pecados. O que isso quer dizer? Basicamente que nós, enquanto espécie, não prestamos. Porque somos seres inclinados a não resistir às tentações. Alguns simplesmente não resistem, e quem resiste só o faz por culpa.

Não é exagero afirmar que tudo o que Nelson Rodrigues escreveu tem uma peculiaridade: no frigir dos ovos existem canalhas, embora alguns sejam canalhas honestos. Em todas as desventuras escritas por Nelson isso fica bem dimensionado. Desde o início da leitura de *A mentira* percebemos que estamos diante de um drama no qual não nos resta alternativa a não ser esperar o pior das pessoas. O desejo desenfreado, a luxúria, a gula, a inveja, a ira, o ciúme e todas as classes de vícios e pecados devem ser esperados.

Lúcia, personagem central da narrativa, é um exemplar privilegiado de como a face sombria da condição humana nos surpreende. A fraqueza humana é um fator importante em todo o percurso dramático. A gravidez inesperada e surpreendente da jovem desencadeia uma série de eventos que trazem à tona os desejos mais secretos e sombrios da alma humana, ao mesmo tempo em que lançam a esperança ao abismo social representado pela ideia de estrutura familiar que reinava em meados da década de 1950.

Não é raro que em torno do nome de Nelson Rodrigues surjam as mais controversas opiniões, e as críticas tendem a concordar que suas tramas continuam provocando sentimentos contraditórios. *A mentira* é um desses textos rodrigueanos que guardam viradas e deslocamentos dramáticos que nos deixam de queixo caído. O cenário é recorrente: uma casa de família, e um drama doméstico envolvendo relações sexuais secretas em um dos palcos mais celebrados dos anos dourados cariocas, o bairro da Tijuca, um personagem importante.

Para quem não mora nem nunca viveu na cidade do Rio de Janeiro ou no Grande Rio – região metropolitana que inclui algumas cidades da baixada fluminense e Niterói –, pode parecer estranho o papel da Tijuca nesta obra e em outras de Nelson. Ora, a Tijuca é o retrato de um bairro de classe média que, em meados do século passado, simbolizava um imaginário configurado pela moral e pelos bons costumes; por senhoras pudicas, homens austeros e toda sorte de embaraços e casos extraconjugais; por histórias mal contadas sobre tramas insólitas de pessoas que aparentavam uma vida ilibada, reta e sem vícios graves ao mesmo tempo em que guardavam baús com segredos sombrios. Em resumo, o cenário ideal para o retrato da família (de bem) brasileira.

A Tijuca é o palco carioca da polifonia afetiva, uma explosão de vozes consoantes e dissonantes. Algumas personagens têm vozes lúcidas num dado momento e, em outro, inspiram loucuras, como o momento em que dr. Maciel, pai de Lúcia, diz: "Ah, doutor, doutor! A única doença em que acredito e que respeito é a loucura. (...) O câncer não é nada, é pinto, é café pequeno, diante da loucura!". A multiplicidade de vozes traz caminhos variados e desvios inusitados. A loucura é declarada como grave porque rouba a consciência. A lucidez é importante, porque sem ela é como se deixássemos de existir. A ideia é bem simples, durante o câncer, cá estamos. Mas a loucura impõe o risco de que não saibamos mais quem somos.

As obras de Nelson Rodrigues são pratos cheios para a psicanálise. Se Sigmund Freud foi enfático em sua constatação de que uma parcela do nosso psiquismo é inconsciente, disso seguem-se desejos e aspirações que não passam pelo nosso conhecimento. Freud postulou que buscamos prazer, mas a realidade nos impede de realizar todos os nossos desejos e, geralmente, a família é o primeiro lugar onde os conflitos amorosos e traumas surgem. É na família que devemos concentrar atenção para compreender os nossos desvios.

Nelson se utiliza de um expediente interessante e recorrente para radiografar o imaginário moral brasileiro: a família branca de classe média de meados do século xx, cujo pai exerce o papel de mantenedor, com um bom emprego e cargo de chefia; a esposa, o de mãe dedicada; e as filhas, o de moças com bons costumes. Esse cenário é rompido em *A mentira* com o desmaio de Lúcia. A partir dele, uma série de acontecimentos nos leva a compreender o cerne das contradições que coabitam aquela casa em que tudo parece girar em torno de falsas verdades.

O desmaio se desdobra numa consulta médica que leva a uma surpresa quase fulminante. *A mentira* tem no centro da trama uma descoberta inconveniente, um acontecimento que desestabiliza o eixo dessa família de bem, composta por dr. Maciel, d. Ana e suas filhas. Maciel sempre dissera, ainda novo e antes mesmo de se casar, que não desejava filho homem. A sua "teoria" era uma expressão sem rebuscamento do patriarcado brasileiro, numa versão com verniz tijucano que proclama ideias de opressão como retratos da própria natureza.

O dramaturgo e jornalista Nelson Rodrigues traz, como de costume, uma crítica ao discurso do marketing pessoal para a vida afetiva. A alma desnuda não é o que ela diz ser. Na história, Lúcia é a filha mais nova, as outras são comprometidas. Dr. Maciel deixa nítida sua preferência pela caçula, nascida quinze anos após a filha anterior. Lúcia, catorze anos, pura, cândida, uma criança angelical, gera uma notícia que abala o eixo emocional de toda a família. O médico, dr. Godofredo, declara após exame que a menina está grávida. A informação abala a mãe, e depois o pai, as irmãs e seus respectivos companheiros. A família quer descobrir o responsável pela gravidez de Lúcia. Todos os homens do convívio se tornam suspeitos e fazem a lista de possíveis pais do bebê. D. Ana ainda lança desconfiança sobre o próprio marido, o pai de Lúcia.

Nelson Rodrigues permanece convocando-nos a situações pouco corriqueiras ao longo dos acontecimentos. Dentre as "lições" rodrigueanas, podemos destacar uma: não antecipe suas conclusões, uma escolha aparentemente acertada pode levar a algum trágico arrependimento. Diante de uma crise em família, outras crises podem surgir, trazendo uma avalanche de problemas. *A mentira* não deixa de ser um daqueles convites para desnudar o que há de mais vil e podre na alma humana, sob um manto de beleza e doçura. Ao mesmo tempo, é um tipo de tratado moral sem receita, advertindo-nos de que não é bom antecipar as nossas conclusões e que, nos momentos das crises mais bárbaras, a vida nos exige lucidez.

*Renato Noguera é doutor em Filosofia, professor da UFRRJ
e autor das obras "Mulheres e deusas" e "Por que amamos"*

1

DISCOU PARA O médico:

— Olha: vou te mandar minha filha.

— Qual delas?

— A menor.

O médico, que era um velho amigo da família e fizera, inclusive, o parto da caçula, interessou-se:

— Está doente?

Foi vago:

— Mais ou menos. Teve uma espécie de vertigem, ontem. Sabe como é: antes prevenir que remediar.

— Claro. Manda, manda.

Desligou e fez uma segunda ligação, para casa. Estava no escritório, e o relógio da firma, sempre adiantado cinco minutos, marcava quatro horas. Velho e magro, taciturno, contido, duma energia sóbria e inapelável, ele dominava pelo terror. O medo que inspirava, no trabalho e no lar, aos empregados e às filhas, era uma de suas raras vaidades terrenas. Quando atenderam, em casa, avisou:

— Tudo combinado. Falei agora mesmo com o Godofredo.

Sua mulher, d. Ana, vacila:

— Mas ela não quer ir, Maciel.

Ele explodiu:

— Não quer ir como? Vai, sim, senhora. Chama essa menina, chama!

Veio a pequena:

— Pronto, papai.

E ele, com involuntária, com sofrida ternura:

— Olha, minha filha: você vai ao médico hoje, sem falta, porque papai quer que você vá. Ouviu?

— Ouvi.

— E vai?

— Vou.

— Deus te abençoe. E agora chama tua mãe, chama.

Ralhou com a mulher:

— Ela disse que ia, sim. E vê se não faz carnaval, ora bolas! Mania de fazer onda!

CAÇULA

Naquela casa era assim. A filha menor tiranizava a mãe, as irmãs, os cunhados. Cheia de manhas e mimos, respondona, desafiando os mais velhos, implicando até com o cachorro da casa, era um caso seríssimo de petulância e inconveniência. Certa vez, na presença de visitas, fizera uma má-criação a d. Ana. Esta, envergonhada das testemunhas, ameaçou:

— Olha que eu te bato!

— Duvido!

— Bato, sim!

E a garota:

— Quero ver!

Em pé, com as duas mãos nos quadris, oferecia a face, num acinte:

— Então, bate!

Houve um silêncio na sala. As visitas espicharam o pescoço, num escândalo mudo. Mas a cena deu em nada. D. Ana acabou abandonando a sala, aos soluços. Os presentes entreolharam-se, numa exclamação unânime e pânica: "Deus me livre!".

Quando o dr. Maciel chegou, d. Ana, ainda chorando, fez a queixa. Ele, no seu paletó de alpaca, a calça listrada, o colete e a botina de botão, ouviu. Grave, retorcia a ponta do bigode grisalho. D. Ana terminou, patética:

— Você acha isso direito, acha?

Dr. Maciel não se perturbou, nem se perturbava nunca. Sua família e relações o julgavam incapaz de uma gargalhada, de uma lágrima. Andando de um lado para outro, começou:

— Essa menina nasceu quando eu já não esperava mais filha nenhuma.

Fez a evocação de uma série de coisas sabidíssimas. Por exemplo: recordou que Lúcia nascera quinze anos depois da penúltima filha. Admitiu:

— Talvez por isso eu goste dela mais que das outras.

D. Ana geme:

— Oh, meu Deus, meu Deus!

Encarou, severo, a mulher:

— Claro, claro! Não sou hipócrita. Gosto das outras filhas, natural. Gosto muito. Mas Lúcia é outra coisa. É diferente.

Pausa. Pigarreia e conclui, nítido, incisivo:

— Lúcia é tudo para mim, tudo!

A mulher assoa-se:

— Quer dizer que você não vai tomar nenhuma providência?

Pôs-lhe a mão no ombro:

— Olha: vou falar português claro, pela primeira vez na vida. Não me peça para ser contra Lúcia, nunca. Entre você e Lúcia, eu prefiro Lúcia. Entre Lúcia e as irmãs, eu fico com Lúcia. Percebeu?

Soluçou:

— Percebi.

AS CINCO IRMÃS

Eram cinco irmãs, três das quais casadas, uma noiva e a menor solteira. Ainda solteiro, o dr. Maciel fora franco: não queria filho homem. E ajuntava, no seu humor soturno: "De homem, basto eu". Explicava que as mulheres são menos rebeldes, mais acomodadas. Sustentava a teoria, aliás discutível, de que um simples berro reduz e desmoraliza qualquer mulher. Objetavam:

— Nem sempre, nem sempre!

Teimava:

— Sempre! Sempre!

Na verdade, submeteu a mulher e as filhas ao regime do grito. Podia dizer, com tranquila certeza: "Na minha casa, mando eu". E elas eram, diante dele, de uma impressionante docilidade. Quando as meninas começaram a namorar, dr. Maciel descobriu uma casa, na Tijuca, antiga mas amplíssima, com jardim, um vasto quintal, quartos em cima e embaixo. Levou a mulher para ver os cômodos. Perguntou-lhe: "Que tal?". D. Ana, que vivia então num apartamento de Vila Isabel,[1] apertado e sufocante como uma gaiola, estranhou o espaço excessivo. Ensaiou a primeira restrição:

— É velha.

O marido zangou-se:

— Já começa você! Pode ser velha, e eu não digo que não. Mas está num estado ótimo. Presta atenção, presta. É ou não é? Antigamente, as construções eram outra coisa, o material de primeira. Percebeste?

---

[1] Tanto Tijuca quanto Vila Isabel são bairros da Zona Norte do Rio de Janeiro. No entanto, enquanto Vila Isabel tinha a fama de ser um bairro boêmio, repleto de bares, ponto de encontro de sambistas, a Tijuca abrigava elegantes casarões e é, ainda hoje, reconhecida por sua abundante floresta urbana.

Mas tanto espaço assustava, ainda, a esposa. Aventurou:

— Não será grande demais?

E ele, taxativo:

— Em absoluto! Grande por quê? E, além disso, há o seguinte: quando as meninas casarem, eu ponho todo mundo aqui dentro. — E insistia: — Quero todo mundo morando comigo.

TIJUCA

A família mudou-se, um belo dia, para a Tijuca. Duas semanas depois, d. Ana, em pânico, telefona para o marido: "Estou! Estou!". A princípio ele não entendeu. Ela teve que dizer, concretamente:

— Vou ter nenê!

— Impossível! Não pode ser!

— Juro! Estou saindo do médico!

Ele arriou na cadeira. Arquejou:

— Estou bestificado!

Não havia, porém, a mínima dúvida. E o patético da questão era o intervalo imenso: o último parto de d. Ana ocorrera quinze anos atrás. Com quarenta anos, o coração cansado, cheia de varizes, um novo parto parecia-lhe uma sinistra aventura. Pôs as mãos na cabeça; entregou-se ao medo. Numa covardia de cortar o coração, gemia: "Desta vez, eu morro!". Dr. Maciel teve que ralhar:

— Também não é assim, que diabo!

O maior problema de d. Ana, porém, foi o do pudor. Teve pudor de tudo e de todos e, sobretudo, das filhas. Interpelava o marido: "Com que cara eu vou aparecer diante das meninas?". Resposta:

— Não amola. Está fazendo drama à toa!

Mas, quando as filhas souberam, foi uma festa: "É mesmo, é?". Vermelhíssima, confirmou: "É". Foi abraçada, beijada. Alguém perguntou: "Homem ou mulher?". E ela:

— Desta vez, eu queria um menino!

LÚCIA

Até o último momento, a parteira sugeria uma esperança:

— Pelas batidas, deve ser homem.

Mas quando, na época prevista, nasceu a criança, d. Ana, meio delirante, ouviu a parteira anunciar: "Menina". A mãe gritara durante três dias e três noites; e não tardou a adormecer. Quando acordou, muitas horas depois, já a recém-nascida reinava na família. Até do Realengo[2] veio uma tia de d. Ana, puxando de uma perna, ver a pequenina Lúcia. Debruçou-se no berço; teve um riso de dentes cariados:

— Benza-te Deus!

Todos, ali, adoraram a garota desde o primeiro instante. Inclusive o pai, tão severo e cruel com as outras, enterneceu-se. Foi um espanto, uma admiração universal quando ele, numa falta de jeito atroz, carregou no colo a pequena. Ainda avisaram: "Cuidado com a espinha!". E ele: "Pode deixar". O fato é que, desde então, tomou-se de amores por Lúcia. Continuou tratando mal a mulher e as outras filhas. Mas ao longo dos dias, semanas e meses, foi o melhor pai do mundo para a caçula. Ia ao extremo de mudar a fraldinha molhada ou suja. Alta madrugada, acordava d. Ana com uma cotovelada:

— Vai ver, vai, se Lúcia fez xixi, anda!

Quando a pequena, mais crescidinha, apanhou coqueluche, dr. Maciel quase enlouqueceu. Vivia no pavor de que ela, num dos acessos, perdesse o fôlego e... Depois Lúcia ficou boa. Mas bastava que acusasse um resfriado bobo, uma coriza banal, para que ele caísse num desespero obtuso, sem motivo. Quando as outras filhas casaram-se, ele nem se abalou. Dir-se-ia que o sentimento realmente profundo e exclusivo desse homem era a caçula. Só. E, assim, criada na palma da mão, Lúcia fez onze, doze, treze, catorze anos. Tornara-se uma linda pequena. Ginasianos vinham, em uniforme, rondar

---

[2] Bairro da Zona Oeste do Rio de Janeiro, o Realengo fica a cerca de vinte e cinco quilômetros de distância da Tijuca.

a sua casa. Ela, muito viva, dava adeusinho, da janela ou do portão. Diante do pai, porém, era outra. Bastava que ele dissesse:

— Modos!

Pronto. Ela atendia, no mesmo instante. Aproximava-se do dr. Maciel numa atitude de humildade, de adoração. Sentava-se no seu colo, recostava a cabeça no seu peito. O velho brincava:

— Gosta desse pai?

— Adoro!

A VERTIGEM

Uns quinze dias depois de fazer catorze anos, Lúcia vem descendo e, súbito, estaca. Sente a vista turva, as pernas bambas. Encosta-se à parede. Está pálida e trêmula. Coincidiu que a mãe viesse subindo. Lúcia geme:

— Vou cair, mamãe.

Houve um alarido de irmãs dentro de casa. Por um triz, não chamaram a Assistência.[3] Felizmente, ela reage; suspira: "Já passou. Não foi nada". No dia seguinte, porém, vai ao dr. Godofredo. O médico, que não a via há algum tempo, a recebeu com uma alegre ternura: "Como vai essa figurinha?". Respondeu:

— Meio bombardeada.

Ele examina daqui, dali, apalpa o apêndice. Vira-se para d. Ana: "A senhora vai me dar licença um instantinho. Depois eu chamo a senhora. Sim?". Trancou-se com Lúcia. Uma meia hora depois, reaparece. Manda a menina vestir-se e vai conversar com d. Ana:

— Sua filha tem namorado?

— Por quê?

— Tem?

— Não.

Ele apanha um cigarro e o acende. Pergunta:

---

[3] Socorro médico, ambulância.

— Qual é mesmo a idade dela?

— Catorze.

— Catorze. Perfeitamente.

D. Ana ergue-se:

— Mas afinal o que é que ela tem, doutor?

Dr. Godofredo diz, sem desfitá-la:

— Sua filha vai ser mãe.

2

Sua primeira impressão foi de uma brincadeira. Estava sentada, ergueu-se em câmara lenta.

Era impossível, meu Deus, absolutamente impossível. Dr. Godofredo, em pé, parecia outra pessoa, outro homem, no seu avental de médico. Mesmo sua fisionomia, de ordinário cordial, quase doce, tomava a expressão de um descontentamento cruel. Repetia, sem desfitar d. Ana:

— Sua filha vai ser mãe. Mãe.

Nesse justo momento, já vestida, Lúcia aparece na porta do gabinete. D. Ana se arremessa:

— Espera lá fora! Espera lá fora!

Sai a menina. Volta a mãe, em pânico. Dr. Godofredo, no telefone, marca hora para um cliente. Quando desliga, d. Ana o interpela:

— O senhor sabe o que está dizendo?

Suspira:

— Sei. Perfeitamente. Sei.

E ela, fora de si:

— Mas é uma menina, uma verdadeira criança! Não tem namorado, nunca namorou! Fez outro dia catorze anos!

Em silêncio, dr. Godofredo calcou a brasa do cigarro no fundo do cinzeiro. A enfermeira aparece. Pergunta: "Posso mandar entrar o seguinte?". O médico não diz uma palavra, mas faz sinal negativo com a cabeça. Então, na ausência da enfermeira, d. Ana não pode mais. Baixa a cabeça, mergulha o rosto nas duas mãos e soluça com uma violência que o assusta. Deixa a cadeira giratória. No fundo tem medo de que, na sala de espera, alguém perceba e possa fazer conjecturas desairosas. Inclina-se sobre d. Ana, baixa a voz:

— Não faça isso! Calma!

D. Ana tem um rompante malcriado:

— O senhor diz isso porque a filha não é sua!

E rompe a chorar, outra vez. A vontade do médico é pedir que chore baixo, mais baixo, que chore para si. Por último, argumenta: "Quero que compreenda a minha situação. Eu sou ginecologista, e se lá fora escutam, podem até interpretar mal!". Ele costumava dizer que a reputação de um ginecologista é mais sensível e mais ameaça-da que a de uma senhora honesta. Felizmente, o pranto de d. Ana se exaure. Apanha o lencinho na bolsa, assoa-se. Ergue, para o médico, o rosto devastado:

— O senhor já imaginou o escarcéu que vai fazer o pai? Quando souber? Já imaginou?

Foi vago:

— Caso sério! Caso sério!

D. Ana levantou-se. O pranto deixara uma coriza irritante; era obrigada a recorrer ao lencinho, de segundo a segundo. Apanha a bolsa em cima da mesa e baixa a cabeça diante do médico:

— Desculpe, doutor!

— Ora!

Acompanhou-a até a porta. E, lá, despedindo-se, disse em voz cava, em tom profundo:

— Deus é grande!

Mal saiu d. Ana, dr. Godofredo mexe a cabeça para a ajudante:

— Sou sujo com choradeira aqui dentro!

A enfermeira faz, em voz alta, seus cálculos:

— No mínimo, é dessas que não saem de auditório de rádio!

Ele boceja:

— Manda entrar a primeira, manda.

Naquele momento, d. Ana atravessa com a filha o saguão do edifício. Sente-se incapaz de uma ideia, de uma palavra; e parece perguntar de si para si: dizer o quê? Lúcia vai, a seu lado, tranquila, normal, sem constrangimento nenhum, nenhum. A atitude da menina a arrepiou. Parecia-lhe uma coisa atroz que uma moça solteira e grávida se permitisse aquela frívola naturalidade. Por outro lado, a santa senhora estava numa inibição tremenda. Era ela e não a filha que se crispava de vergonha. Era ela e não a filha que baixava a cabeça diante de tudo e de todos. Dir-se-ia que havia entre as duas um pacto de silêncio. Só na esquina, em cima do meio-fio, é que d. Ana abriu a boca para dizer:

— Vamos apanhar um táxi.

Há, na garota, um movimento de alegre surpresa:

— Táxi?

E a mãe:

— Sim.

Na sua gíria de ginasiana, Lúcia exclama:

— Oba!

Criança demais, criança irremediável, adora andar de automóvel e, sobretudo, de táxi. Se fosse coisa que pudesse, e viveria correndo a cidade, entronizada num táxi, de cima para baixo, de baixo para cima. Apanham o primeiro carro livre. E d. Ana não pensa no estado da filha. Esquece inclusive de sofrer para pensar no marido, nas reações do marido. Conhece bem a fúria do dr. Maciel. A cólera produz nele uma salivação intensa, uma baba grossa. D. Ana pensa que o marido é um epilético que ainda não teve ataque. Dr. Maciel é capaz de tudo, capaz de matar, capaz de... Põe a mão no braço da filha:

— Você sabe? Sabe, Lúcia?

— O quê?

Insiste:

— O médico não te disse nada?

— Nada.

Essa inocência mete medo. E há, nisso tudo, uma coisa que aterra d. Ana. E a idade da filha: catorze anos! Lembra-se que Lúcia tem uns quadris típicos de menina. Repete, mentalmente, numa verdadeira obsessão: catorze anos! Se fossem quinze, dezesseis, dezessete, mas catorze, oh meu Deus! Descem as duas na porta de casa, e d. Ana abandona na mão do chofer uma cédula de cinquenta cruzeiros. Havia um troco que ela não quis esperar. Lúcia dá adeusinho, com os dedos, a uma coleguinha que surge no portão ao lado. D. Ana entra em casa. A filha mais velha (Isabel) cata lêndeas na cabeça do filho menor. A mãe vai direto ao telefone. Discando, pensa: "O velho vai subir pelas paredes!". E avisa a Lúcia, que acaba de abrir uma revista:

— Preciso falar com teu pai, já, imediatamente!

A PAREDE SUJA

Aquele foi um dia muito desagradável para o dr. Maciel. Entre parêntesis, não era doutor coisa nenhuma. Cursara até o segundo ano ginasial e, segundo os eternos descontentes, nem isso, nem isso. Mas exigia de todo mundo o tratamento de doutor, sem especificar em quê. Naquele dia, fora ao lavatório da firma e lá descobrira, nas paredes, desenhos e dísticos abomináveis. Enfureceu-se e, vamos e venhamos, com razão. Fazia questão, e fechadíssima, de conservar imaculadas aquelas paredes. Aparece na porta e dá o berro:

— Seu Carvalhinho!

Seu Carvalhinho arremessou-se.

— Pronto!

E o velho, com a boca torcida, a espuma no lábio:

— Que negócio é esse, seu Carvalhinho? Veja!

Apontava os dísticos, as figuras ignóbeis. Atônito, o rosto comido de bexigas, seu Carvalhinho emudecia diante da infâmia escrita e desenhada. Dr. Maciel enfiou-lhe o dedo no peito. Indaga:

— O senhor é chefe de escritório pra quê, seu Carvalhinho?

Gagueja:

— Mas eu não tenho culpa!

O dr. Maciel ia praguejar. Súbito, aparece o boy:

— Telefone para o senhor. De sua casa.

Dirige-se ao velho. Este esbraveja: "Telefonar depois". Enquanto o boy vai e vem, dr. Maciel exige um inquérito lá dentro. Impõe:

— Descobre o sujeito que fez isso e põe na rua, ouviu? Põe na rua!

Reaparece o boy:

— Diz que é urgente!

Dr. Maciel estrebucha:

— Já vou! Já vou!

Em passadas largas e firmes, atravessa todo o escritório. Vai dizendo, com o Carvalhinho nos calcanhares:

— Isto é o Brasil, compreendeu? Isto é o Brasil!

Em silêncio, caminhando atrás do chefe, Carvalhinho delibera: vai despedir um contínuo e pronto. Facílimo culpar um contínuo de qualquer coisa. Conclui, de si para si: "É o golpe!". Dr. Maciel entra no gabinete, senta-se na cadeira giratória e dá um "alô" agressivo. Do outro lado da linha, d. Ana soluça. Queria ser sóbria, controlada. Mas a simples voz do marido a arrasou:

— Vem pra casa, já! De táxi!

Ele recebe um impacto:

— Mas que foi que houve? Conta! Que foi?

D. Ana chora mais forte:

— Pelo telefone, não posso! Só pessoalmente!

Dr. Maciel desliga, pálido. Distante alguns metros, está seu Carvalhinho, com as marcas de bexiga que o tornaram um ser triste e sem mulher. Dr. Maciel levanta-se. Antes de sair, vira-se para o chefe do escritório:

— Vê quem foi o camarada e põe na rua, sumariamente!

O GRANDE PAI

No táxi, a caminho de casa, dr. Maciel vem fazendo um inventário de possibilidades ruins. Pensa nas hipóteses mais desagradáveis, como morte, queda de escada, doença grave e súbita etc. etc. Naquele momento d. Ana, em casa, reúne as três filhas casadas, inclusive a que estava catando as lêndeas do filho menor. Lúcia continua lendo, na revista, a coroação da Rainha. D. Ana fecha a porta, torce a chave e vem falar com as pequenas. Baixa a voz:

— Vocês juram que não contam a ninguém? Nem ao marido?

— Ora, mamãe!

— Mas claro!

E ela, com o lábio inferior tremendo:

— Aconteceu isso, assim, assim.

Silêncio. As quatro se entreolharam. Isabel ergue-se: "Mas não pode ser, mamãe! É impossível!". Olívia põe as mãos na cabeça: "Santa Bárbara!". Mais tranquila que as outras, Dora, que é a do meio, argumenta: "Mas filho de quem? Se não tem namorado, noivo, nada!". Encara com as outras:

— É ou não é?

E, de fato, a inexistência de um responsável, mesmo hipotético, tornava aquilo inverossímil. D. Ana espalmou a mão no peito: "Mas o doutor Godofredo garantiu!". Discutem entre si numa excitação medonha. Isabel diz: "Os médicos exageram muito". Olívia estende o braço: "Olha só como eu estou toda arrepiada!". Falou-se até em radiografia; d. Ana deu um muxoxo:

— Radiografia no primeiro mês!?

Além do mais, havia a idade: catorze anos! Súbito, Isabel dá o alarme: "E o papai?". D. Ana geme: "Pois é, pois é!". Então, Olívia diz a última palavra:

— Mamãe, sabe o que é que a senhora deve fazer já, imediatamente?

— O quê?

E a filha:

— Deve mandar Lúcia pra casa de vovó! E logo, mamãe, depressa!

— Pra casa de sua avó?

— Natural! Ela fica lá uns dias até as coisas normalizarem. Depois volta. Olha que papai, com o gênio que tem, eu não sei não!...

Entretanto, dr. Maciel estava chegando. Atravessando o jardim. Já sabia que não morrera ninguém. Numa casa de tantas mulheres, a inexistência de alarido feminino era um ótimo sintoma. Abrindo a porta, fazia seus cálculos: "Essa mulher é uma histérica! No mínimo não houve nada!". Viu Lúcia, na saleta, lendo a mesmíssima revista. Aproximou-se, roçou os lábios na testa da menina. A única filha que ele beijava era Lúcia. Ainda brincou, riu:

— Gosta do seu pai? Ou acha seu pai um chato?

Ela ergue o rosto; sorri; diz, na sua ternura agradecida:

— Gosto.

Dr. Maciel respira fundo. Pergunta:

— Cadê sua mãe, minha filha?

3

D. ANA ACHOU ótima a solução de mandar a filha para a casa da avó. Ergueu-se:

— Boa ideia! Boa ideia!

Chegou a dar dois ou três passos. Mas estaca. O dr. Maciel acaba de aparecer. Está imóvel na porta. Deixa que as três filhas, assombradas, passem por ele, de cabeça baixa. E, então, com o calcanhar, empurra a porta. Vira-se para a mulher:

— Afinal de contas, você me chamou pra quê? Pensei que tivesse morrido alguém, ora bolas! — E abria os braços: — Eterna mania de fazer carnaval!

D. Ana, quase sem voz, diz, então:

— Ela vai ter neném.

— Quem?

— Lúcia.

A princípio, ele não entende. No seu espanto, repete o nome da filha. Dir-se-ia, porém, que se tratava de uma outra Lúcia, desconhecida, longínqua, fantástica. Aproxima-se. Em voz baixa, carinhosa, pergunta:

— Lúcia? Que Lúcia?

D. Ana recua. De repente, aperta a cabeça entre as mãos. Grita:

— Tua filha! Tua filha!

O DESESPERO

Do lado de fora, as três filhas mais velhas escutavam, numa espécie de fascinação. De fato, as cóleras do dr. Maciel eram memoráveis, ali, e em toda a vizinhança. Constava mesmo que a origem da úlcera duodenal da filha mais velha era o medo constante das explosões paternas. Dentro do quarto, dr. Maciel andava de um lado para outro, tropeçando nas cadeiras, furioso como um pai de ópera. Sua primeira reação foi de incredulidade pânica. Arquejava:

— É mentira desse médico, desse cretino! Mentira! Mato esse palhaço! Mato!

A mulher soluça:

— É verdade!

Súbito, o marido estaca. Aperta a cabeça entre as mãos. Tem medo de enlouquecer e quer pôr ordem nas próprias ideias. Raciocina em voz alta:

— Se é verdade, se ela vai ter criança... — para um pouco e continua, arquejando: — Quem é o pai?

Agarra a mulher pelos dois braços e a sacode:

— Qualquer filho tem pai. Quem é o pai? Fala! Quem é o pai?

Geme, apavorada:

— Não sei!

E ele, feroz:

— Sabe, sim, sabe! Tem que saber! Quero saber, já, quem é o pai! Esse filho não caiu do céu por descuido!

Num soluço maior, d. Ana repete: "Não sei! Não sei!". Dr. Maciel não faz um gesto. Sente-se a um passo ou, por outra, a um milímetro da loucura. No corredor a filha mais velha, que tem a úlcera, põe a mão na altura do estômago. Trêmula, sente formar-se nas suas entranhas e subir uma irresistível golfada ácida. Dr. Maciel está perguntando:

— Tem namorado? Tem ou não tem?

— Não!

Ele perde de vez a cabeça:

— Sua cretina! Mãe irresponsável! Mas se você não diz, ela vai dizer, de qualquer maneira!

D. Ana se arremessa:

— Você vai fazer o quê?

Agarra-se a ele. Escorrega ao longo do seu corpo, abraça-se às suas pernas, num apelo:

— Não, Maciel, não!

Dr. Maciel se desprende, num repelão selvagem. Caminha, com a boca torcida. Mais do que nunca, sente, em si, a angústia do epilético não realizado. Quase deseja o ataque.

A FUGA

Primeiro, foi a criada, Zenilda. Vem soprar ao ouvido de Lúcia:

— Foge! Foge!

Ergue o rosto atônito:

— Por quê?

E a outra:

— Teu pai te mata!

Ela não se levanta: continua onde está, com a revista abandonada no regaço. As irmãs descem, antecipando-se ao velho. Querem, como a criada, que ela fuja, já, antes que seja tarde. Transida, na cadeira, pergunta ainda:

— Mas pra quê? Fugir pra quê?

Com a mão na altura do estômago, a irmã da úlcera balbucia:

— Papai evém![4] Corre, sua boba!

Mas Lúcia é obstinada. Diz, não sem cólera:

— Não saio daqui! Não quero sair daqui!

Então, as outras fogem. O velho Maciel está descendo, num furor magnífico de pai antigo. Mas vem trôpego. Sua resistência física não o acompanha na cólera. E uma coisa o enfurece, acima de tudo. É que a filha continua meiga como sempre, infantil, menina, menina. Essa inocência aparente e pérfida o assombra. Por outro lado, a imagem de Lúcia lendo uma revista é a sua obsessão. Lá fora, as vizinhas cochicham entre si:

— Parece que está havendo um bode na casa do doutor Maciel!

PAI E FILHA

Em cima, d. Ana faz mil promessas. Ele aparece na porta. Tem medo da própria violência. E, por alguns momentos, pai e filha se olham, numa muda e recíproca fascinação. Dir-se-ia que ele a vê pela primeira vez. Ela não se mexe, quase não respira. E, súbito, o ódio se extingue no coração do pai. Está prodigiosamente calmo e lúcido. Inclina-se sobre a filha. Pergunta, baixo, sem desfitá-la:

— Quem foi?

E ela, quase sem mover os lábios:

— Ninguém.

O velho pede:

— Quero só que me digas o nome. Só isso e nada mais. Fala, minha filha, fala!

Baixa o rosto e chora:

---

[4] Evém: o mesmo que "lá vem", "já vem".

— Ninguém.

Silêncio. O coração do velho bate com tal violência que ele, ofegante, pensa: "Acabo tendo um colapso". Vai fechar a porta, com a chave. Volta, então. Puxa uma cadeira e senta-se a seu lado. Toma entre as suas as mãos da pequena. Insiste:

— Juro que não te castigarei, juro! Sabes, não sabes, que és tudo para mim, absolutamente tudo? Responde, meu coração: tens um namorado?

— Não.

E ele, persuasivo, querendo vencer logicamente a obstinação infantil:

— Meu anjo, presta atenção: essas coisas só acontecem quando se tem namorado, noivo, marido ou quando, enfim, se gosta de alguém. Tu gostavas de alguém? Tu gostas de alguém? Fala, pode falar!

— Não. De ninguém. Eu não gosto de ninguém.

Dr. Maciel vacila. Uma hipótese lhe ocorre: "E se fosse engano? Se fosse equívoco do médico?". Baixa a voz:

— Tu terias coragem de jurar pela minha vida? Então diz: "Quero ver meu pai morto, como não tenho namorado, não tive namorado, nem gosto de ninguém".

Respondeu:

— Juro!

E ele, pasmo:

— Deus te abençoe!

O MÉDICO

Deixou a filha e foi em cima, falar com a mulher: "Aguenta a mão, que eu vou falar com o cretino do Godofredo. Essa história está mal contada". Pouco depois, estava no consultório do amigo. Tirando o avental (já encerrara o expediente), dr. Godofredo confirmou, integralmente, tudo. Lívido, dr. Maciel exclama: "Não pode ser!". Desesperado, argumenta:

— Ela nunca me mentiu e jurou! Jurou pela minha vida.

O outro, enfiando o paletó, suspirou:

— Não há a menor dúvida. Batata, meu filho, batata!

Então, o velho não pôde mais. Teve uma explosão, ali mesmo, na frente do outro. Soluçou alto. Soluçou forte. Felizmente, a sala de espera estava vazia, a perspectiva de escândalo era praticamente nula. Dr. Godofredo limitou-se a uma observação apropriada às circunstâncias:

— Calma! Mas que é isso?

Para o dr. Godofredo, era bastante desagradável aquele choro grosso de homem. De resto, estava com pressa. Com surda irritação, olhou o relógio: a mulher o esperava. Fez a exclamação interior: "Que abacaxi!". Ao fim de um dia de trabalho, cansado, intoxicado, não estava disposto a apiedar-se de quem quer que fosse. Entretanto, o dr. Maciel rompia todos os limites:

— Do fundo do coração, te digo: se fosse qualquer outra filha, eu não sofreria tanto. Tenho três filhas casadas. Muito bem. Por que não foi uma delas que pecou, em vez da menor, por quê?

Andava de um lado para outro, enquanto o médico, calado, taciturno, cruzava os braços. Dr. Maciel para e insiste: "Qualquer outra filha, menos essa. Essa, não!". O médico permaneceu mudo. Tem medo de que uma palavra sua possa criar um diálogo interminável. Súbito, o velho se agarra a ele:

— Tens que dar um jeito!

Assustou-se:

— Eu?

E ele, convulso:

— Tu!

— Mas que jeito?

Obrigou o outro a sentar-se. Começou:

— Esse pequeno não pode nascer, claro. Minha filha é solteira, de família, uma verdadeira criança.

— E que mais?

Dr. Maciel passa as costas da mão no suor da testa:

— Pra isso eu conto contigo.

— Comigo?

E o velho:

— Contigo, sim. Tu és médico, tua especialidade é essa e...

Salta o dr. Godofredo:

— Alto lá! Minha especialidade, uma ova! Está muito enganado. Eu não faço isso, nunca fiz. Isso dá galho, processo, o diabo! Deus me livre!

Discutiram. Dr. Maciel exaspera-se. A certa altura, diz: "Deixa de máscara!". O outro teima:

— É contra os meus princípios!

E dr. Maciel:

— Ora, não amola! Não há princípio que valha uma amizade. Trata-se de um favor, carambolas!

Dr. Godofredo arrisca uma sugestão: "Talvez, a minha enfermeira".

O velho interrompe, brutal:

— Não quero "fazedora de anjo"![5] Só me interessa médico!

O médico bufa:

— Está bem, está bem! Mas olha: ninguém pode saber, nunca, em hipótese alguma, ouviste?

— Claro!

Saem. Fechando o consultório, dr. Godofredo pigarreia:

— Se fosse outro, eu cobraria uns vinte contos. Mas como se trata de você, que é meu amigo, faço o serviço por cinco.

A INOCENTE

Na casa do dr. Maciel, há um silêncio total. Ninguém fala, ninguém ri, quase não se respira. Todas as fisionomias estão espantadas. A mãe avisa, chorando:

---

[5] Fazedora de anjo: mulher que faz abortos ilegais.

— É tão inocente que não desconfia do próprio estado.

De fato, só existe uma pessoa, ali, natural, espontânea, tranquila: a própria Lúcia. Já não se lembra nem mesmo do pito que dr. Maciel passou. Reúne-se à família, na sala, à espera do chefe, que não tarda a chegar. Há uma tal inibição que uma simples tosse parece impraticável naquela casa.

De repente, Lúcia rompe o silêncio. Faz para si mesma, em voz alta, a pergunta, quase doce:

— Menino ou menina?

Há um arrepio nas irmãs. Lúcia sonha:

— Eu queria menino.

4

No táxi, voltando do médico, ocorre-lhe uma lembrança súbita e desagradável: os genros! E, então, numa cólera sem motivo, trinca os dentes: "Esses cretinos?". Fecha os olhos, pensa, com surdo sofrimento: "Eles não deveriam saber nunca!". E, de fato, não existe entre ele e os genros nada em comum, nem mesmo essa cordialidade aparente que, na vida das famílias, representa um vínculo convencional. Dias antes, a propósito não sei de quê, dr. Maciel dissera à mulher:

— Não sou parente de meus genros!

Todavia, ao descer na porta de casa, parece mais tranquilo. Entra na sala, onde estão a mulher e as filhas. Chama d. Ana e Lúcia para o gabinete. Fecha a porta. As mulheres sentam, e ele vai até a janela. Olha, pelo vidro, o quintal. Volta-se e esfrega as mãos.

— Bem — anuncia —, está tudo resolvido.

D. Ana não entende:

— Resolvido o quê?

Dr. Maciel senta-se:

— Combinei o negócio com o Godofredo. — Pausa e suspira: — Vai cobrar cinco contos.

D. Ana começa a chorar:

— Coitada!

Dr. Maciel irrita-se:

— Coitada por quê? Não é nenhum bicho de sete cabeças, ora bolas! E vê se não faz drama, sim?

A mulher tranca os lábios. Então, dr. Maciel puxa uma cadeira e vem sentar-se junto de Lúcia. Pigarreia; indaga, baixo, sem desfitá-la:

— Por que você mentiu, minha filha?

— Eu?

E ele:

— Sim. Você jurou pela minha vida e mentiu. Eu quero saber por quê, minha filha.

Silêncio. Insiste:

— Fala! Quem foi? Quem?!

Lúcia mergulha a cabeça entre as mãos. Soluça: "Ninguém! Juro! Ninguém!". Dr. Maciel ergue-se, em câmara lenta. Súbito, explode: "Cínica! Cínica!". Cerra os punhos. D. Ana atraca-se com o marido:

— Não! Não!

A filha está num canto, em pé, encostada à parede, assombrada e indefesa. Dr. Maciel arqueja:

— Não faz mal. Eu vou descobrir, hei de descobrir! — Fecha os olhos, ergue o rosto: — Seja quem for, eu mato!

A ÚLCERA

Enquanto não chegam os maridos, as filhas casadas cochicham entre si. Há, nelas, um surdo ressentimento. Perguntam às outras: "Ah, se fosse uma de nós! Papai fazia e acontecia!". Mas como se tratava de Lúcia — a única que ele beijava — fazia quase vista grossa. Por muitíssimo menos, esbofeteara Iracema, dois ou três anos atrás. Súbito, Isabel baixa a voz; pergunta com um esgar de choro:

— Vocês se lembram?

— De quê?

— Do meu casamento? Da minha primeira noite?

As outras confirmam, de olhos arregalados. Isabel levanta-se. Anda de um lado para outro. De repente, estaca; bate com o pé, numa certeza fanática:

— Foi ali que começou a minha úlcera! Foi ali que começou a minha azia!

Caladas, as três irmãs pensavam na mesma coisa. No dia do casamento de Isabel e Mauro,[6] depois que os convidados se despediram, recolheu-se toda a família, inclusive os noivos. Só o dr. Maciel ficou, algum tempo ainda, no gabinete, com violentíssima dor de cabeça. Uns quarenta minutos depois, ou uma hora, ele se encaminha para o quarto. Sobe e, lá em cima, estaca: o quarto dos noivos está de luz acesa. Entra no próprio quarto. Mas seu rosto tem a expressão de um descontentamento cruel. Espera, vestido, mais uns vinte minutos, meia hora. D. Ana, na camisola espessa, chama-o:

— Vem dormir, anda!

Responde:

— Já, não!

Finda a meia hora, dr. Maciel entreabre a porta e espia: a luz dos noivos continua acesa. Então fecha a porta e, numa doentia irritação, começa a falar. Diz coisas sem sentido aparente: "O único amor decente é o dos cegos! Só os cegos têm pudor!". D. Ana senta-se na cama, inquieta e espantada. Não compreende por que será mais lícito o amor nas trevas... Mas já o marido, numa espécie de febre, vai olhar outra vez, pela porta entreaberta. A luz permanece. Então ele não se contém mais. Arremessa-se pelo corredor. Atira patadas no chão, sobressalta a casa com seu clamor:

— Fecha essa luz! Apaga essa luz!

---

[6] Se aqui o marido de Isabel é Mauro, mais tarde será Ubaldo e, por fim, Aparício, nome que, na primeira vez que aparece (p. 46), é conferido ao marido de outra irmã.

Como os noivos custassem a obedecer (a princípio, não entende-ram), dr. Maciel, alucinado, deu pontapés na porta. Aparece Mauro, em pijama, atônito: "Mas que é isso? Que é isso?". O velho esbraveja:

— Luz acesa por quê? Será que você não respeita sua mulher, não respeita esta casa?

Lívido, o genro gagueja:

— Vou apagar, vou apagar!

Volta dr. Maciel para o quarto. Fecha a porta, apanha o pijama e apaga a luz para mudar a roupa. Homem sem banhas, magríssimo, tem um pudor feroz das canelas magras. No quarto dos noivos, Isabel puxa o lençol até o queixo; crispada, vê sua primeira noite ir-se por água abaixo. Quanto a Mauro, sofrera a desfeita sem um pio. Sem consciência do próprio gesto, fecha a luz. No escuro, trope-çando, avança para o leito nupcial. Senta-se na cama; e, de repente, explode em soluços:

— Se não fosse teu pai, dava-lhe um tiro na boca! Juro!...

Uns quinze minutos depois, no entanto, adormecia. Isabel é que passou a noite em claro, com o espírito trabalhado pela obsessão. Não conseguia esquecer o berro, o uivo do pai: "Apaga essa luz!". No meio da noite, passa mal. Dir-se-ia que tem fogo nas entranhas. Levanta-se ao amanhecer, transpirando. Põe as duas mãos na altura do estômago; dobra-se em golfadas ácidas medonhas. Desde então, costumava dizer: "Minha úlcera começou naquela noite!".

Agora, tanto tempo depois, na sua melancolia retrospectiva, geme: "Ah, se fosse Lúcia! Papai nunca teria batido na porta! Nunca teria mandado apagar a luz!". As outras duas, solidárias, suspiram:

— Claro!

Calam-se, porém. Dr. Maciel aparece na porta. Faz um gesto:

— Venham cá!

SUSPEITA

Na presença do pai, pareciam transidas, sempre. Sentiam medo; e mais do que medo: uma certa volutuosidade na própria humilhação. De cabeça baixa, entram no gabinete. Como não há cadeiras para todas, Isabel fica de pé. Sob a dispneia emocional, dr. Maciel começa:

— O negócio é o seguinte: sua mãe diz que Lúcia não tem, nem teve, nunca, namorado. Lúcia diz a mesma coisa. Mas é mentira! Lúcia tem namorado, percebem? E, se não tem mais, já teve.

Ninguém responde. Dr. Maciel aproxima-se de Isabel. Instintivamente, a moça põe a mão na altura da úlcera, como se quisesse protegê-la. O velho a interpela:

— E você? Sabe de alguma coisa?

Crispa-se:

— Não.

Insiste:

— Não viu nada? Nunca? Nem desconfia?

Num olhar fixo de magnetizada, quase sem mover os lábios, responde:

— Não desconfio.

Mudo, ele contempla aquele grupo de mulheres acovardadas. Umas choram, outras conservam uma calma imensa, uma apaixonada serenidade. Dr. Maciel enche a saleta com sua voz abaritonada e potente:

— Vocês estão escondendo alguma coisa? Isso é algum complô, alguma conspiração?

Ainda silêncio. Então, o velho tem um riso pesado. Passa as costas da mão no suor da testa. E exulta, feroz:

— Agora eu compreendo por que a polícia desce o pau nos presos. É batata: confissão só com pancada!

D. Ana ergue-se:

— Você não tem direito!...

Enfrenta o marido no seu medo heroico. Por um momento, parece que o dr. Maciel vai se atirar sobre ela. Mas se contém. Vira-lhe as costas e vem sentar-se. Fecha os olhos e medita. De repente, salta na cadeira, numa exclamação: "Já sei!". Faz a volta na pequena mesa e esfrega as mãos:

— Vocês declaram que não foi ninguém de fora.

— De fora?

E ele, brutal:

— Claro! Se não tinha namorado, nem tem, não foi ninguém de fora, evidentemente. Muito bem. E se não foi ninguém de fora, foi alguém de dentro. É ou não é?

Há um silêncio. D. Ana, que se sentara, ergue-se, estupefata:

— Mas como?

Ele triunfa:

— De dentro, sim! Alguém que está aqui, debaixo do mesmo teto, que convive com Lúcia, sem inspirar suspeitas! Perceberam?

Não, ninguém percebia; ou, por outra, ninguém, ali, queria perceber. Ele insiste: "Quem pode ser? Quem tem intimidade, quem pode ter intimidade com Lúcia, em função de um parentesco? Quem?". Fez uma pausa intencional. E baixou a voz, anunciando:

— Um genro meu, um cunhado de Lúcia!

Ninguém se mexe, ninguém respira. Só Isabel é que se arremessa:

— Não, papai, não!

Ele anda, em passadas largas, de um lado para outro:

— Sim, senhora! Esse filho tem que ter um pai. E esse pai está aqui, mora aqui! São três os suspeitos, três!

O INFERNO

Súbito, aquela casa vira um inferno. Choram a mãe, as filhas, as crianças esbugalham os olhos. O próprio cachorro enfurnara-se no quintal, como se fosse também solidário com a vergonha da família. Agora que descobriu três suspeitos, dr. Maciel parece mais tranquilo. Resolve esperá-los. Embora só usasse termos de gíria muito escassamente, permitiu-se a seguinte sugestão:

— Hoje vai ter, vai ter![7]

Enquanto os rapazes não apareciam, tomou uma dose pesada de coramina. Seu coração não era grande coisa, e o medo do colapso o travou um pouco. Finalmente, às oito horas, apareceu o primeiro genro, e, por coincidência, Mauro, marido de Isabel. Ao dar com a mulher chorosa, tomando beladona para o estômago, ele pergunta:

— Qual é o drama?

E ela:

— Põe a mão aqui, põe.

Mauro obedece. Isabel suspira:

— Vê só como a úlcera está latejando! Estás sentindo?

Mauro tira o paletó. Está arregaçando as mangas, quando Isabel o cutuca:

— Tem havido o diabo aqui dentro!

Olha em torno impressionado. Senta-se ao lado da esposa:

— Conta. Tem havido o quê?

Ela resume como pode e já chorando. O marido, numa curiosidade atônita, ouve tudo. E, então, resume o seu espanto num termo chulo:

— Papagaio!

Deixa que a mulher apanhe o lencinho no seio e assoe. Coça a cabeça, pasmo: "Quem diria?". Aliviada da coriza, conta o resto, ou seja, que o pai desconfia — imagina! — de um dos genros. Mauro recua: "No duro?". E, então, na amargura de todas as desconsiderações que sofreu, desabafa, em voz baixa:

— Teu pai está completamente gagá, lelé! E se pensa que faz de mim gato e sapato, ainda vai se dar mal comigo. Porque eu tenho um gênio meio estourado e...

Isabel o interrompe:

— Olha papai!

---

[7] Em publicações anteriores do livro, aqui se encerra o capítulo 4, seguindo a numeração original publicada pela *Flan*: o capítulo 4 foi publicado na edição de número 14, e o capítulo 5, na de número 16. No entanto, embora sem indicação de capítulo, a edição de número 15 também trazia uma parte da história, que reproduzimos aqui.

O velho acaba de aparecer. Vai atravessando a sala. Mauro abre o riso mais cordial:

— Boa noite.

O velho para diante dele, encara-o, duro, e passa adiante sem cumprimentar. Nas costas do sogro, Mauro estraçalha as palavras nos dentes: "Velho cretino!".

O MONSTRO

Pouco depois, chegam os outros dois genros: Aderbal e Alex. Então tem lugar, num ambiente de pânico, a reunião de família. Todos sentados e presentes (só o velho está de pé). Dr. Maciel começa:

— Eu quero saber qual foi o miserável, o patife que…

O primeiro a chegar foi Ubaldo, o marido de Isabel. Pôs a pasta em cima de um móvel e se dirigiu à mulher:[8]

— Que é que há?

Ela assoou-se no lencinho:

— Nada, meu filho, nada!

Ubaldo, com a pulga atrás da orelha, olha em torno. Só vê caras espavoridas. Inclina-se sobre a esposa, baixa a voz:

— Qual é o drama? Que cara de enterro é essa?

Isabel ergue-se:

— Vem cá um instantinho, vem!

Entram no gabinete. Isabel, na sua pusilanimidade filial, fecha a porta. Ubaldo indaga, morto de curiosidade:

— Pronto. Desembucha!

Isabel, chorando, conta-lhe tudo. No maior assombro de sua vida, o marido é incapaz, absolutamente incapaz, de um gesto, de uma palavra, de uma ideia. Recua, de olhos esbugalhados:

---

[8] Aqui tem início uma cena que parece uma reescrita, uma nova versão, da que acaba de ocorrer, na parte "O inferno". Tanto lá como aqui chega o primeiro genro, marido de Isabel — lá, Mauro; aqui, Ubaldo. Há outras semelhanças e diferenças entre as duas cenas, como o leitor verá.

— Mas isso é batata ou conversa fiada?

E a mulher:

— Batata, meu filho!

Ubaldo passa as costas da mão na testa. No meio daquele desmoronamento geral e irremediável, só lhe ocorre um termo chulo:

— Papagaio!

Anda de um lado para outro e, súbito, estaca diante da mulher:

— Eu sempre te disse, não foi? Que tua irmã era precoce demais? E teu pai?

— Está subindo pelas paredes!

O marido admite, tem tom cavo:

— Imagino, imagino!

Só então Isabel toma coragem. Começa: "O pior tu não sabes. O pior é que papai desconfia — vê só! —, desconfia de alguém aqui de dentro". A princípio, Ubaldo não entende:

— Como?

Decide-se:

— Papai acha, meu bem, acha que foi uma pessoa que mora aqui, quer dizer, um genro, um de vocês.

Silêncio. Ubaldo repete:

— Um de nós?

— Pois é.

Era demais. Embora sem elevar a voz (tolhia-o o escrúpulo de ser ouvido lá fora), Ubaldo toma-se de um furor medonho. Primeiro, generaliza: "Casa de doidos! De malucos!". E, de repente, espetando o dedo no peito da mulher apavorada, individualiza, e descarregando toda a sua cólera no sogro:

— Velho gagá! Imbecil! Olha: estou até aqui com o teu pai, até aqui! Já suportei muito, demais!

DRAMA

Isabel quer agarrá-lo: "Calma, que é isso?". Ele, porém, desprende-se num repelão brutal:

— É isso mesmo! Só te digo uma coisa, pra teu governo: se teu pai se meter a besta comigo, se tiver o desplante, a desfaçatez, de dar qualquer piada pra meu lado, eu rebento!

Isabel quis retê-lo, ainda. Ele, porém, abriu a porta e saiu. Há, então, uma coincidência extremamente desagradável: dá de cara com o sogro. Dr. Maciel, que vinha passando, encara-o. Foi o bastante. Isabel, que aparecera também, na porta, vê o marido mudar instantaneamente. Diante do velho, Ubaldo escancara o riso, numa cordialidade extemporânea — alvar:

— Boa tarde, doutor Maciel.

Nenhuma resposta. Está imóvel diante do genro, olha-o de alto a baixo. Até segunda ordem, todos os moradores masculinos da casa são suspeitos. Ubaldo passa pelo sogro de cabeça baixa, como um escorraçado. Dirige-se para o jardim. E, lá, sozinho, estraçalha nos dentes as palavras:

— Cretino! Velho cretino!

Pouco depois, chegam juntos os outros genros: Aparício e Temistocles.[9] Ubaldo, que estava, ali, justamente, à espera de ambos, arremessa-se: "Vem cá, vem cá!".

Esfrega as mãos, na satisfação de novidade:

— O negócio aqui está pegando fogo!

— Por quê?

Tratou de ser o mais sintético possível:

— Houve isso, assim, assim. Que tal?

— Nem brinca!

E Ubaldo:

— Te juro! Sob a minha palavra de honra!

Aparício bufou:

---

[9] Pouco antes (ver página 44), os outros genros eram Aderbal e Alex.

— É o fim! É o fim!

Conversaram, no jardim, em voz baixa, uns vinte minutos. Quando Ubaldo anunciou que o velho desconfiava de um dos genros, os três se entreolharam. "Essa é a maior." Temistocles enfiou as duas mãos nos bolsos.

— A única coisa que eu sei é que eu não fui.

E Aparício:

— Nem eu. E lavo as minhas mãos.

Então Ubaldo pigarreia, olha para os lados e cochicha:

— Aqui entre nós, particularmente, que ninguém nos ouve, também não fui eu, mas lamento, ouviu? Lamento! Estou numa inveja danada do culpado!

— Isola!

— Parei contigo!

Mas ele estrebuchou de sinceridade heroica, insistia:

— Sim, senhor! Perfeitamente! E vamos deixar de máscara! Eu sou sujo com hipocrisia comigo!

— Sossega!

Teima:

— Claro! Ou vais me enganar que tu não achas Lúcia uma uvinha?

Assim interpelado, o Temistocles julgou-se no dever, quase, de fazer uma declaração de princípios:

— É uma uva? E daí? Afinal de contas, eu gosto de minha mulher, ora bolas! Não troco minha mulher por ninguém! Pode ser a melhor do mundo!

Ubaldo riu, sórdido:

— Eu também. Mas não é por isso que vou deixar de gostar das outras. Sou franco: o que vier, eu fecho os olhos e mergulho, de cara, tranquilamente.

Quando entraram, Aparício vinha dizendo:

— Não penso assim. Discordo. Minha formação moral é outra!

GRANDE REUNIÃO

Dr. Maciel avisara à mulher: "Quando os outros dois chegarem, avisa". Quanto a ele, ficou, no quarto, à espera. Mas não se sentou, caminhando de um lado para outro. Na sua excitação doentia, estava incapaz de parar. Já escurecia, quando d. Ana surgiu:

— Chegaram.

Ele arquejava:

— Já vou.

Desceu com a mulher. Uns cinco minutos depois, estavam sentados todos, na sala de jantar. Cada mulher agarrada ao seu marido. Em pé, na cabeceira, com as duas mãos apoiadas, ele começou, com um olhar incandescente de louco:

— Vocês sabem o que houve, não sabem?

Silêncio. Ele fixa, um por um, todos os genros. Nota que os três estão pálidos. Então o velho dá um murro na mesa:

— Respondam!

Atônita, Isabel cutuca Ubaldo e diz-lhe, ao ouvido: "Fala". Ubaldo pigarreia:

— Mais ou menos.

Dr. Maciel respira fundo:

— Muito bem. E eu estou certo do seguinte: um dos meus genros é o culpado! — E especifica com a espuma do falso epiléptico: — Um de vocês é o culpado!

Aparício levanta-se:

— Afinal de contas, o senhor não tem direito de...

Emudece, porém. Dr. Maciel sai da cabeceira, faz a volta da mesa, desfigurado. Está diante de Aparício. Rilha os dentes, desafia-o:

— Repita. Quem é que não tem direito?

Aparício recua. Gagueja numa pusilanimidade abjeta: "Eu quis dizer apenas...".

Não completou. Diante do sogro, tomava-se de uma dessas inibições atrozes. Durante alguns momentos, houve, na sala, um silêncio absoluto. Todas as mulheres se crispavam. E, então, cara a cara com o genro, dr. Maciel explodiu, afinal:

— Depois do que aconteceu com a minha filha, eu tenho todos os direitos! Absolutamente todos!

Com as pernas bambas, a vista turva, Aparício senta-se. Sabe que, se for esbofeteado, não reagirá. Mas já o dr. Maciel, trôpego, volta para a cabeceira. Numa cólera mais contida, sem se dirigir a ninguém, ele anuncia:

— Eu sei que o culpado está aqui. Sei que é um de vocês. E, por outro lado, sei que não haverá confissão espontânea.

Pausa. Ninguém diz nada. Ele conclui:

— Mas eu hei de saber! Hei de descobrir o nome do culpado! E, então, ajustaremos contas!

Abandonou a sala. D. Ana o acompanha. Sobem os dois.

A DESCONFIANÇA

Na ausência do pai, Isabel soluça:

— Nunca mais teremos sossego, nunca mais! Isso vai acabar em tragédia.

Ubaldo está a seu lado. Ela se vira para ele. Crispa a mão no seu braço.

— Tu és capaz de fazer um juramento?

Titubeia:

— Depende.

Isabel exalta-se:

— Isso não é resposta. Sim ou não?

Suspira:

— Faço.

E ela:

— Jura, então, que não foste tu! Jura não tens nada com isso!

— Ué!

— Jura, anda!

5

UBALDO ERGUE-SE DESCONCERTADO. Olha as cunhadas, que não o perdem de vista. Também os cunhados, interessadíssimos. Ele se senta, de novo:

— Juro, ora essa. Jurei, pronto!

A esposa ainda diz uma última palavra:

— Mas olha: se estiveres mentindo, se for mentira tua, que Deus te castigue!

Ubaldo explode:

— Não faz onda, carambolas!

Todavia, uma coisa era certa: mudara o ambiente da casa. Havia no ar, espalhada por toda parte, difusa e irresistível, uma suspeita. Dir-se-ia que ninguém confiava em ninguém. A única que parecia igual a si mesma era a própria Lúcia. A criada estava pondo a mesa. E as esposas presentes, contagiadas pela desconfiança do pai, já olhavam os respectivos maridos com uma curiosidade nova e assustada. Em dado momento, enquanto se esperava o jantar, Aparício apanha, na pequena estante, um álbum de família. Imediatamente, a esposa se arremessa:

— Dá isso aqui, anda!

— Por quê?

E a outra:

— Aqui tem o retrato de Lúcia de maiô!

A PEQUENA POSSESSA

Depois do jantar, Lúcia puxa Isabel pelo braço. Sopra junto à sua orelha:

— Queres ser madrinha?

— Eu?

— Madrinha do meu filho?

Isabel encara a caçula, com assombro:

— Madrinha como? Se essa criança não pode nascer?

Lúcia recua:

— Quem? Quem é que não pode nascer? Meu filho?

— Mas evidente!

Lúcia se transfigura. Grita:

— Há de nascer, sim! Meu filho há de nascer!

Protestaram:

— Você está maluca? Não vê que não pode?

E ela, feroz:

— Possa ou não possa, hei de ter meu filho, se Deus quiser!

Houve um silêncio. Todos, ali, a olhavam com uma curiosidade nova. E, de fato, parecia outra, muito mais viril e adulta. Seu rosto perdia a doçura meio frívola de menina, seus olhos escureciam de maldade. Parecia desafiar cada um dos presentes. Ubaldo quer doutriná-la:

— O caso é o seguinte: você é uma pequena solteira, de família, e não fica bem...

Ela o interrompe, grosseira:

— Por que você não se mete com a sua vida?

Ubaldo cala-se, desconcertado. No mais íntimo de si mesmo, sente-se um pobre-diabo irremediável. Então Isabel ergue-se. Era, naquela casa, uma espécie de mãe substituta. No impedimento de d. Ana, com efeito, impunha sua autoridade de irmã mais velha. Leva a pequena Lúcia para um canto. Durante uns dez minutos, usa com desespero toda sorte de argumentos:

— E o escândalo? Você já imaginou o escândalo?

Lúcia cruzou os braços, empinou o queixo:

— Ninguém precisa saber!

Isabel toma entre as suas as mãos da irmã:

— Mas isso é uma coisa que não se pode esconder, uma coisa que se espalha num instantinho!

Lúcia fecha os olhos, suspira:

— Então paciência!

— E papai?

A pequena vacila. Com surdo sofrimento, repete: "Papai?". Isabel exaltava-se:

— Papai vai ter um desgosto medonho. E ele que gosta tanto de ti, que é louco por ti!

Ela baixa a cabeça:

— Papai vai adorar meu filho!

Estavam sentadas numa extremidade da sala. Isabel levanta-se:

— Bem. Falei no seu interesse, em seu benefício. Foi o que estava ao meu alcance e pronto.

Isabel saiu dali desesperada. Seu desejo teria sido explodir. Mas conteve-se. Era uma alma sem violência, sem cólera. Todos os ressentimentos e mesmo as irritações triviais começavam e extinguiam-se nas profundezas do seu ser. Ela não exteriorizava nada, a não ser os sentimentos inócuos ou cordiais. A rigor, só abria o coração com uma pessoa: o marido. Havia entre os dois, além do vínculo matrimonial, um outro não menos intenso. Ambos eram pusilânimes, e esta covardia de alma os unia. Quando Isabel voltou, Ubaldo ergue-se, interessado:

— Como é?

E ela:

— Diz que quer, porque quer. Teimosa que Deus te livre!

Aparício, que se aproximara, intervém:

— Vocês querem minha opinião? Minha opinião sincera?

— Queremos.

Ele calcou a brasa do cigarro no fundo do cinzeiro.

— Pois bem. Eu acho essa pequena — vocês me perdoem — de muito mau caráter.

Interrompe-se, para ver a reação. Espiou as fisionomias espantadas. Ubaldo, coçando a cabeça, foi vago: "Caso sério!". Então, animado, Aparício prossegue:

— A verdade seja dita: gosto muito dela, mas a minha impressão é a pior possível. E outra coisa, que eu não sei se vocês repararam.

— O quê?

Continuou, em voz baixa, mas incisivo:

— Ela tem um comportamento, não de menina, não de acordo com a idade, mas de mulher-feita. Diz, por exemplo: "Quero ter o filho!". Ora bolas! E vamos e venhamos: quem é Lúcia para falar assim? Quem? Uma pirralha, que vocês estragaram com mimos. Afinal de contas, uma garota de catorze anos não se governa!

Os outros dois cunhados pareciam impressionados com a argumentação. Isabel suspirou:

— Eu não me meto mais, nem dou mais palpite!

Ubaldo secundou:

— Nem eu! Isso é muito desagradável e só dá dor de cabeça!

Veio de Aparício o conselho:

— O negócio, aqui, sabe como é: boca de siri. Faz de conta que nós não sabemos, não conhecemos as disposições de Lúcia. Ela que se entenda com o doutor Maciel. É ou não é? Já basta de aborrecimento.

GRANDE NOITE DE AGONIA

Começara, apenas, aquela noite de agonia. A família que, geralmente, ficava ouvindo rádio até tarde, recolheu-se mais cedo. Cada casal sentia a necessidade de solidão. Mal entrou com o marido, no quarto, Isabel torce a chave, fechando a porta por dentro. Encara com o marido. Veemente, porém em voz baixa, diz:

— Sabe qual é a minha opinião a respeito disso tudo?

Sentado na cama, descalçando os sapatos, ele pergunta:

— Qual?

Ela, trêmula, sopra ao seu ouvido:

— Eu acho que Aparício tem toda a razão. Essa menina não é como nós, não se parece com a gente, é diferente, não sei. E vou te dizer mais uma coisa. Mas que isso não passe daqui.

O marido, em pé, os suspensórios arriados, desabotoava a camisa. Instigou:

— Diz.

Isabel ainda vacila, como se um escrúpulo, um último escrúpulo, a travasse. Por fim, tomando coragem, começa:

— Você vai ficar espantado, mas eu te digo, com pureza de alma: perdi a minha confiança nessa minha irmã.

Ubaldo não entende:

— Mas como? Perdeu toda a confiança como?

Veio sentar-se na cama, ao lado da mulher. Isabel põe a mão no seu braço:

— Isso mesmo! Não confio mais nela. Pode ser minha irmã, é minha irmã, não lhe desejo mal. Mas de hoje em diante não quero nem que você tenha intimidade com ela, nem ela intimidade com você.

O marido esbugalhou os olhos:

— Por quê, ora bolas? Mas você não a defendia? Não dizia que era uma espécie de filha?

Encarou-o, firme:

— Mudei, ouviu? Mudei de pensar. O seguro morreu de velho. E, além disso, eu não acredito em homem e é bom parar.

Ubaldo, que era pusilânime com o sogro, mas por vezes impulsivo com a mulher, levantou-se, ultrajado:

— Tem dó, Isabel! Até você, carambolas? — Abaixa a voz, na sua ferocidade covarde: — Você acreditou na conversa do seu velho?

Com a mão na úlcera, ela soluça:

— Tenho medo de Lúcia, aqui dentro!

Ele enfiou a calça do pijama, zangado:

— Parei! Você até ofende! Isso é uma falta de respeito para com o marido!

OBSESSÃO

Em cada quarto das irmãs casadas, a angústia era a mesma. Cada marido e cada mulher sentia que a confiança conjugal estava afetada. Os diálogos, em voz abafada, eram nestes termos:

— Você seria capaz?

— De quê?

E a esposa, com irritação:

— Você sabe de quê. Seria?

— Ora, sossega!

Mas a outra teimava, exasperada: "Responde. Sim ou não?". O marido, no pavor da simples e delirante hipótese, reagia: "Claro que não!". A princípio, as três irmãs achavam meio insensata a suspeita do velho. Mas, pouco a pouco, elas se deixaram contagiar também. Alta noite, Isabel, que se conservara em claro, sacode o marido, que já cochilava:

— Papai tem razão!

Ele desperta, assustado: "Quem?". Ela crava as unhas no braço do marido:

— Foi um de vocês! Talvez você! E não adianta olhar para mim com essa cara, não!

Ele rosna:

— Isso aqui é uma casa de doidos!

Pela manhã, d. Ana ergue-se e vai bater no quarto da filha caçula. A porta estava apenas encostada e ela a empurra. Estaca, porém: vê a cama vazia e intacta. Dez minutos depois há, dentro da casa, o escândalo. D. Ana rola em ataques sucessivos:

— Fugiu! Minha filhinha fugiu!

6

Ao ouvir os gritos da mulher, dr. Maciel precipitou-se:

— Que foi? Que foi?

Mas já d. Ana, alucinada, não dizia coisa com coisa. Cercada de filhas e de genros, desmoronada na cadeira, limitava-se a soluçar:

"Minha filha! Minha filha!". Dr. Maciel perdeu a cabeça. Agarrou-a pelos dois braços e a suspendeu:

— Pare com esse histerismo! Fale!

Com a boca torcida, uns olhos de espanto, d. Ana indicou, com a cabeça, o quarto de Lúcia. Dr. Maciel balbuciou: "Lúcia?". Empurrou a esposa e arremessou-se. O quarto de Lúcia estava com a porta apenas encostada. O velho entra e estaca. Olha em torno, estupefato. Aproxima-se da cama intacta. Diz e repete, à meia-voz: "Lúcia! Lúcia!". Termina explodindo:

— Lúcia!

Seus genros estão ao lado. Ubaldo balbucia, estupidamente:

— Calma, calma!

Outro genro põe a mão no seu ombro. Ele tem um repelão selvagem. Abandona o quarto, levando, atrás de si, o cortejo espavorido dos três genros. Para diante da mulher e a interpela, com a voz estrangulada:

— Sabe quem é a culpada? Culpada de tudo? Sabe?

D. Ana ergue o rosto devastado:

— Quem?

Dr. Maciel espeta o dedo no seu peito gordo:

— Você!

Soluça:

— Eu?

Ele não responde. Larga a mulher, toda a família, atira-se pelas escadas. Desce quatro ou cinco degraus, mas para subitamente. Encostado à parede, leva a mão ao peito. Sente a vista turva, as pernas fracas, uma dormência na cabeça. Por um segundo, deseja o colapso. Refaz-se, porém. Desce mais alguns degraus e vacila. Afinal, não poderia sair pela porta afora, gritando em todas as esquinas o nome de Lúcia. De olhos arregalados, arquejante, tenta pôr em ordem as próprias ideias. Onde estaria a filha? Pensa em todas as possibilidades, as mais insensatas. E se estivesse morta? Vira-se, então. No meio da escada, imóveis, como se o espreitassem, estão Ubaldo e Aparício.

Então dá, naquele pai, uma dessas cóleras potentes e obtusas. Trinca nos dentes a ofensa:

— Cretinos!

Passa por eles, que abrem passagem. Os genros não sabem o que dizer, o que pensar. Em cima, dr. Maciel berra para as três filhas, que estão, ao lado da mãe, num grupo de mulheres acovardadas:

— Fora! Fora!

Sem uma palavra, as moças deslizam pelo corredor, escorraçadas. D. Ana cobre a cabeça com as duas mãos, como se fosse apanhar. Por alguns momentos, o velho contempla a mulher prostrada. Ele não sabe contra que ou contra quem voltar a sua raiva. D. Ana chora:

— Eu não fiz nada! Eu não fiz nada!

E ele:

— Quero minha filha! Quero a minha filha! Onde está minha filha? Você sabe!

— Não! Não!

— Sabe, sim!

Chora:

— Juro!

O TELEFONE

Súbito, bate o telefone. Dr. Maciel estaca. Isabel, que atendera, no andar térreo, avisa, numa histeria:

— Lúcia! É Lúcia!

Dr. Maciel desce. Arremessa-se contra o telefone. Tem uma espécie de uivo:

— Lúcia?

Do outro lado da linha, vem a voz infantil:

— Eu, papai.

Ele ri por entre lágrimas:

— Mas que foi isto? Onde é que você está? Como é que você faz uma coisa dessas, minha filha? Nunca mais faça isso, nunca mais!

Toda a sua cólera se extinguira. Falava com sofrida ternura. E, de repente, ele deixa escapar a queixa que vinha calando:

— Por que fugiu?

Pausa. E vem a resposta:

— Por causa do meu filho.

Dr. Maciel recebe o impacto. Crispa-se na cadeira. Ela continua:

— Eu volto, mas...

— Fala!

Lúcia completa:

— ... mas o senhor vai me jurar, papai, uma coisa: que não vai acontecer nada a meu filho. Só assim. O senhor promete?

Arqueja:

— Prometo. — E implorou: — Mas venha já, agora, ouviu? De táxi, minha filha. Tome um táxi.

— Sim, papai.

Comovido, ele insiste:

— Eu estou no portão, esperando. Deus te abençoe. Até já.

A VOLTA

Toda a família, de olho esgazeado, escutara a conversa. Dr. Maciel ergueu-se, transfigurado. Na porta, esfregando as mãos, era evidente a sua satisfação profunda. Vendo aquelas fisionomias espantadas, ralhou:

— Que cara é essa? Não aconteceu nada.

D. Ana gemeu:

— Oh, graças!

Andando de um lado para outro, na sua euforia, dr. Maciel explica:

— Bem. O negócio é o seguinte: nada de fazer perguntas, ouviram? — E repetia: — Eu não quero nenhuma espécie de palpite. Faz de conta que ninguém sabe, que ninguém viu.

Dez minutos depois, encosta o táxi. Dr. Maciel, com uma capa em cima do pijama, já estava no portão, impaciente. Paga o automóvel e entra, de braço com a filha, sem esperar o troco. A pequena sobe, com os pais. Ubaldo arrasta Aparício para um canto:

— Sabe o que é que me deixa besta nisso tudo? Com cara de tacho?

— O quê?

Baixa a voz:

— A calma com que essa garota enfrenta a situação. Nem pelota, viste? É ou não é caradurismo?

Aparício coçou a cabeça:

— Sei lá, rapaz, sei lá! E vou te pedir um favor: não me pede opinião, não me mete nessa embrulhada!

ESPOSA E MÃE

Antes de sair, dr. Maciel chamou a esposa:

— Vou-me embora, mas me faz um favor: toma conta de tua filha, carambolas?!

D. Ana vira-se, com surda irritação:

— E eu não tomo?

O marido punha os suspensórios. Ainda eufórico com a volta da pequena, foi paciente, quase cordial:

— Não interessa discutir agora. Mas o fato é que, se você tivesse tomado conta direito, não teria acontecido essa tragédia.

Encarou-o:

— E que mais?

Havia, na voz e no olhar da mulher, algo que o surpreendeu. Pondo o paletó, advertiu: "Não me provoca!". Ela teimou, pela primeira vez, teimou:

— Por que não continua? Continua!

Dr. Maciel pôs-lhe a mão no ombro:

— O que interessa é isto: cuida de tua filha, trata bem de tua filha. Lúcia está num estado em que não pode se aborrecer. — Pausa e acrescenta, calcando nas palavras: — Avisa a essas cretinas para não contrariarem minha filha.

D. Ana aproximou-se. Interpelou-o, com o lábio inferior tremendo:

— Que cretinas? Aqui não tem cretinas!! E por que chamas tuas filhas de cretinas? Sim, por quê?

Ele já estava com a mão no trinco, para abrir a porta e sair. O tom inesperado da mulher o deteve. Retrocedeu, sem compreender. Perguntou:

— O que é que há?

D. Ana exaltou-se:

— Eu não admito que você chame suas filhas de cretinas. A mim, não faz mal. Mas a elas, não!

O que aconteceu, depois, foi rápido e brutal. Com a mão pesada, ele travou-lhe o braço:

— Por quê? Porque Lúcia é tudo para mim e as outras, não!

Então, aquela esposa sem vontade, sem caráter, quase alvar, teve a sua primeira cólera. O marido torcia-lhe o braço. E ela, enchendo o quarto, com o seu riso terrível:

— Tua filha, não! As outras são tuas filhas! Lúcia, não! Todas, menos Lúcia!

Dava gargalhadas de se ouvir no fim da rua.

7

Durante alguns momentos, estupefato, dr. Maciel foi incapaz de uma palavra. Uma voz interior repetia: "Não é minha filha! Não é minha filha!". Aproxima-se da esposa. Pede, quase sem mover os lábios:

— Repete.

D. Ana recua, grita, três vezes:

— Não! Não! Não!

Então, no seu desespero contido, ele a segura pelos dois braços e a imobiliza. Trinca as palavras nos dentes:

— Fala, anda! Não é minha filha como? Será que tu... — estaca e tem uma espécie de soluço: — Preciso saber, já, imediatamente!

Toda a sua violência se fundiu num apelo maior: "Fala!". Mas d. Ana, passada a cólera, voltava a ser a esposa de sempre, fechada no silêncio covarde. Ele gritou, esperneou; e, por fim, já cansado da própria excitação, prometeu:

— Olha, presta atenção: eu te juro, juro por tudo, que não farei nada, absolutamente nada. Só quero uma coisa: saber a verdade, só. Nada mais. Compreendeste? Agora, diz, pelo amor de Deus!

D. Ana mergulha o rosto nas duas mãos, chora:

— Tenho vergonha!

Dr. Maciel perde, de vez, a cabeça: "Vergonha de quê? Por quê?". E flagela, humilha a mulher, de alto a baixo:

— Você acha o quê? Que eu vou ter ciúmes de você? Eu? Eu não gosto de você, nem gostei, nunca! E, até, vou dizer mais: para mim tanto faz, como fez, que você... Sua fidelidade passada, presente ou futura é problema que não existe...

D. Ana ergue o rosto, como se a humilhação já doesse na sua carne e na sua alma. Encara o marido: "Você quer saber?". Ele explodiu: "Evidente!". E ela, desviando a vista, o medo apertando o seu coração:

— Você se lembra da viagem que você fez?

— Que viagem?

— A Curitiba?

O velho arqueja:

— Agora me lembro. Continua.

Ela baixa a voz:

— Foi nessa época. Você passou, lá, dois meses. E eu... — Para, apavorada da própria confissão.

Ao lado, implacável, o marido pergunta:

— Que mais? Quero saber tudo!

A VIAGEM

De fato, há quinze anos atrás, ele viajara para Curitiba. Ia passar, lá, sessenta dias.

Dr. Maciel interrompe:

— Quem foi?

D. Ana crispa-se:

— Não digo!

E ele:

— O nome! Quero o nome!

Silêncio. Ela baixa a cabeça; diz, baixinho e espantada:

— A pessoa já morreu.

Dr. Maciel, que estava sentado, ergue-se. Aproxima-se da esposa:

— Morto ou vivo, eu preciso saber — ouviu? —, preciso saber quem foi o pai de Lúcia!

Estão face a face. D. Ana desvia o rosto, fecha os olhos:

— Cláudio.

Dr. Maciel volta a sentar-se. Passa as costas da mão no suor da testa. Repete sem ódio e apenas com espanto: "Cláudio...". Era um amigo, que os visitava com uma constância de parente. Nem moço, nem velho, taciturno, com uma grave tristeza no olhar. D. Ana vira-se para o marido:

— Mas foi uma vez só, uma única vez... Ele esteve aqui uma tarde... As meninas tinham saído... Eu estava sozinha e...

Dr. Maciel levanta-se. Já não escuta a esposa. Andando de um lado para outro, repete de si para si: "Não é minha filha, nunca foi minha filha!". Súbito, estaca diante da mulher:

— Quer dizer que Lúcia é como se fosse uma vizinha, uma conhecida mais moça, uma amiga, uma conhecida, não uma filha?

— Perdão!

Dr. Maciel ri, ferozmente:

— Perdão de que e por quê, ora essa? — Olha para a mulher, sem pena, nem ódio; continua, exultante, sem desfitá-la: — Se você pudesse adivinhar o que eu sinto, neste minuto! Se pudesse ler no meu pensamento!...

E ela balbucia, espantada:

— Como?...

E, de fato, não entende essa alegria que transfigura o marido e parece aluciná-lo. Dr. Maciel começa a rir, por entre lágrimas. Cerra os punhos, trinca os dentes, como se não suportasse a própria tensão. Ele mesmo se sente no limiar da loucura. Encaminha-se para a porta. Antes de sair, porém, volta-se e diz para a mulher, com um olhar incandescente de louco:

— Oh! Graças, graças!...

O INVÁLIDO

Dir-se-ia que a notícia lhe subira à cabeça. Atravessou o corredor, com a vista turva, cambaleante. Embaixo, está Lúcia, à sua espera. Ergue-se, ao vê-lo:

— Papai.

Dr. Maciel a olha, de cima a baixo, com uma curiosidade nova, como se a visse pela primeira vez. Pensa: "Não é minha filha!". Lúcia pergunta:

— Posso visitar Nonô, papai?

Ele parece espantado:

— Que Nonô?

Mas bate na testa, porque se lembrava agora. Nonô, o filho do vizinho, um rapaz de dezenove anos, paralítico das duas pernas, que passava os dias na sua cadeira de rodas, na sua tristeza calada e ressentida. De fato, havia, nele, uma espécie de ódio contra tudo e contra todos, um ódio que rompia continuamente das profundezas do seu ser. Esta dor enxuta e estática, sem palavras e sem gesto, metia medo. E o pior é que Nonô tinha, inclusive, raiva das próprias pernas. Por vezes, os vizinhos, impressionadíssimos, ouviam-no gritar:

— Cortem minhas pernas! Cortem minhas pernas!

Isso em meio de um choro de homem de fundo gemido. E a verdade é que ele, na sua cólera de inválido, teria preferido a amputação das pernas mortas e inúteis. Só uma pessoa conseguia amortecer a dor do moço paralítico: Lúcia. Desde os dez anos, com efeito, que a garota aproximara-se de Nonô, fascinada por esse infortúnio próximo. Na verdade, ninguém sabia, ao certo, por que, a partir dos treze anos, ele ficara paralítico. Falava-se de um mal sutil, misterioso, que o prostrara para sempre. Outros procuravam razões espíritas. Fosse como fosse, era uma criatura perdida, e sua existência uma cotidiana agonia. Quando Nonô acordava enfurecido, a criadinha subia no muro, com o recado: "Seu Mário está pedindo para dona Lúcia vir aqui, um instantinho". Seu Mário era o pai de Nonô. A presença de Lúcia bastava. A pequena pousava a mão na sua testa febril: "Quieto!". Imediatamente, ele se tornava dócil, humilde. O pobre-diabo chorava:

— Ah, se não fosse você...

O SONHO

Pouco antes, a empregada do vizinho aparecera no muro: "Seu Nonô chama a senhora!". Lúcia espera o pai. Dr. Maciel inclina-se, afaga os cabelos da menina:

— Pode ir, meu anjo. Mas olha: não demora, não, ouviu?

Ela sorri:

— Está bem.

Saíram juntos. Lúcia entrou na casa do lado, e dr. Maciel seguiu. Ele ia numa espécie de febre. Perguntava a si mesmo: "E agora? E agora?". De súbito, com a revelação da esposa, mudava toda a sua vida. Cada gesto seu, cada palavra, cada ideia teria um sentido diferente. Na esquina, ele apanha um táxi.

Naquele momento, Lúcia estava ao lado de Nonô. Ele a recebera, com a pergunta rancorosa:

— Por que não veio ontem?

Lúcia baixa a voz:

— Depois te conto.

E ele, depois de olhar para os lados, sôfrego:

— Um beijo. Dá, anda!

Riu:

— Depois.

— Agora.

Lúcia inclina-se e roça, com os lábios, a face do rapaz. Na sua cadeira de rodas, Nonô a segura, pelos dois braços:

— Assim não quero.

— Por quê?

Desesperado disse: "Quero na boca". Então, uniram os lábios num beijo desesperado e sem fim.

8

DEPOIS DO BEIJO, Nonô pergunta, sôfrego:

— Gostou?

E ela, doce e triste:

— Gostei.

Nonô passa a mão no seu rosto, nos seus cabelos. Lúcia diz, ao acaso: "Mãos quentes!". E, com efeito, o paralítico parece ter febre, sempre — uma febre de corpo e de alma. Ele baixa a voz, no apelo:

— Outro!

— O quê?

Repete com surdo sofrimento:

— Outro beijo.

Lúcia está de costas, distante alguns passos, mexendo com as flores do jarro. O enfermo impulsiona a cadeira; está, agora, a seu lado. Puxa a menina pelo braço. Então, num movimento inesperado e ágil, ela se desprende. Encosta-se à parede, exclama, com certa angústia:

— Não!

— Por quê?

Sorri com esforço:

— Agora, não. Depois. Sim?

Sem palavra, ele se afasta, na cadeira de rodas. Para adiante, cobre o rosto com uma das mãos. E Lúcia, que tem medo dos seus ressentimentos de inválido, vem, arrependida, oferecer-lhe os lábios:

— Beija, anda!

Nonô foge com o rosto:

— Não quero. Não aceito beijo de esmola.

— Que é isso? Parece criança! Que bobagem!

Mas Nonô, irredutível, a empurra:

— Quieta! — Pausa e explode: — Você não gosta de mim! Você não me tem amor! Pode ter pena. Amor, não! E, aliás, eu não condeno você. Acho, até, muito natural. — Toma coragem e conclui: — Quem pode gostar de um aleijado? Ninguém, claro!

Desesperada, ela o acusa:

— Você não pode falar assim! Não tem esse direito!

Nonô vira a cadeira, na direção da namorada. Seu rosto toma uma expressão de descontentamento cruel. Pergunta, sem pena nem amor:

— Por quê?

Ela estende as mãos:

— Eu não lhe dei, já, uma prova do meu amor? Responda. Não dei? E pode haver prova maior?

Responde, fechado na sua obsessão:

— Foi pena! Só pena! Sou um aleijado. E sabe o que é melhor? Acabar com tudo de uma vez! É mais golpe! Eu não acredito no seu amor, e daí?

Lúcia, que se ajoelhara a seus pés, que se abraçara às suas pernas sem vida, ergue-se, atônita. Pergunta:

— Você me expulsa?

Ri, com escárnio:

— Parece.

Instintivamente, com a mão, a pequena alisa a saia amarrotada. Ergue o rosto:

— Se eu for, não volto mais!

O paralítico desafiou:

— Perfeitamente. Não faz mal. Ótimo!

Lentamente, Lúcia encaminha-se para a porta. Espera que Nonô a chame, ainda. Para, na porta, desesperada:

— Adeus.

Do fundo da sala, ele irrompe na cadeira de rodas. Lúcia sente que o namorado está numa raiva potente e obtusa. Diante dela, eleva a voz:

— O que você fez comigo, um aleijado, há de fazer com os outros, com todos! — Baixa a voz, trinca as palavras nos dentes: — E antes que eu seja traído, rua, ouviu, rua! Não te quero ver mais, nunca mais!

Então, Lúcia perde a cabeça. Fora de si, corre. Nonô ria como um possesso, dava gargalhadas de se ouvir no fim da rua.[10]

UMA MENINA NA RUA

Abre o portão no exato momento em que vinha passando o seu cunhado Aparício. O rapaz estaca, ao vê-la irromper, esbaforida. Chama-a:

— Lúcia!

Lúcia para, desconcertada. Balbucia: "Olá!". Ia passar adiante, mas ele a segura pelo braço: "Espera". De qualquer forma, Lúcia está mais tranquila, agora. O cunhado que prefere é, justamente, este. Desconfia, instintivamente, dos outros dois, que parecem ter, no olhar, no sorriso, qualquer coisa de ambíguo, de suspeito. Já Aparí-

---

[10] A frase aparece idêntica no fim do capítulo anterior.

cio é tido como sério, da cabeça aos pés, grave, equilibrado, quase triste. Inclina-se sobre ela:

— Que foi que houve? Houve alguma coisa?

Mente:

— Nada.

O cunhado olha para um lado e outro. Pigarreia. E, então, começa:

— Você sabe, não sabe? Que eu sou seu amigo? Amigo sincero?

— Sei.

Aparício continua, trêmulo:

— Quero que você saiba, também, do seguinte: eu não sou indiferente à sua situação atual, percebeu? Se não falei ontem, se não disse nada, é porque, lá em casa, sabe como é — não se pode ter uma certa franqueza. Mas eu estou com você, cem por cento com você.

No meio da calçada, Lúcia baixa a cabeça, com secreta vergonha:

— Obrigada.

Ele já ia se despedir. Antes, porém, insiste:

— Olha: quero que você me considere uma espécie de irmão mais velho e tenha absoluta confiança em mim. E, depois, quero ter uma conversa com você, muito séria, percebeu?

— Sim.

Vinha se aproximando um transeunte qualquer. Aparício, que vivia no pavor de possíveis intrigas com o sogro, com a mulher, baixa a voz:

— Até logo. Deus te abençoe.

Lúcia pôde então voltar para casa.

Ao entrar em casa, a irmã estava, em pé, no meio da sala, à sua espera. Lúcia caminhava para a escada, mas a outra, de braços cruzados, barra-lhe a passagem. Estão face a face. A irmã pergunta:

— O que é que vocês estavam conversando?

Ergue o rosto:

— Quem?

— Você e meu marido?

— Nada. Por quê?

A outra exalta-se:

— Nada como? Um bate-papo de meia hora! Pensa que eu não vi?

Está quase chorando. Lúcia recua, assombrada. Não entende ou tem medo de entender:

— Mas, criatura! O que foi que eu fiz? Eu não fiz nada!

Com o lábio inferior tremendo, calcando nas palavras, a outra continua:

— Eu vou lhe pedir um favor, para evitar maiores aborrecimentos: não se meta com meu marido, ouviu? Não se meta!

Atônita, Lúcia não reagiu, no primeiro momento. Mas assim que a irmã, desesperada, virou-lhe as costas e começa a subir a escada, correu no seu encalço. Alcançou-a, no meio da escada:

— Vem cá!

E a outra:

— Me largue!

Mas a menor, adulta, viril, encostou-a à parede:

— Que negócio é esse? Você está pensando que eu sou o quê?

Soluçou:

— Não acredito em você, pronto!

Neste momento, d. Ana apareceu, assustada, no alto da escada:

— Mas que é isso? Parem com esse negócio!

Já ninguém podia conter Lúcia. Como se fosse, não uma menina, mas uma mulher-feita e selvagem, espetou o dedo no peito da irmã acovardada:

— Pois que fique sabendo do seguinte: houve o que houve. Pois bem. Aqui, nesta casa, não tem nenhuma mulher melhor do que eu! O que eu fiz — ouviu? — nenhuma de vocês faria, porque são umas idiotas muito grandes!

Isabel esganiçou a voz, possessa:

— Cínica! Cínica!

9

D. Ana desceu, arremessou-se entre as duas; grita:

— Parem com isso! Parem!

Atracou-se com a mais velha, que era a mais exaltada e que se debatia, possessa. Houve um momento em que a filha, num movimento ágil, se desprendeu. A mãe perdeu o equilíbrio e, quase quase, rola do meio da escada. D. Ana encosta-se à parede; soluça:

— Vocês não me respeitam! Ninguém me respeita!

As outras irmãs casadas, unidas, solidárias, espreitam a cena; até a criadinha vem espiar, trêmula. Mais embaixo, Lúcia repete, ofegante:

— Ninguém é melhor do que eu, aqui!

E, então, a cólera da outra se dissolve em lágrimas, livres e fartas. Senta-se no degrau, mergulha o rosto nas duas mãos, diz:

— Eu vou-me embora daqui! Eu não fico mais aqui!

MULHERES ASSUSTADAS

D. Ana, que sempre fora uma imaginativa e vivia cultivando os presságios mais extravagantes, costumava advertir as filhas: "Briga de parentes é uma coisa horrível! Não briguem, minhas filhas, não briguem!". Até então, aquelas irmãs pareciam amigas. Fora um ou outro incidente, uma briguinha, uma implicância, que passava sem deixar ressentimentos, viviam em paz. Pela primeira vez, um sentimento novo, turvo e cruel, parecido com o ódio, nascia entre duas filhas. D. Ana, apavorada, apontava:

— Vá para seu quarto, Lúcia! — E para as outras: — Vocês venham cá!

Fechada com as três filhas casadas, perguntou:

— Mas o que é que há? Daqui a um pouco minhas filhas estão se estraçalhando. E por quê? Isso tem algum cabimento? Vocês olham para Lúcia como se tivessem raiva. Afinal de contas, ela não fez nada a nenhuma de vocês — nada!

Isabel suspira:

— Quem sabe?

E d. Ana:

— Como?

Isabel hesita e acaba tomando coragem:

— Mamãe, a situação aqui, nesta casa, está no seguinte pé: houve o que houve. Muito bem. Lúcia não diz quem foi. Custava dizer? Pois é. Não diz. Se ela tivesse namorado, noivo, podia-se dizer: Bom. Foi o namorado, foi o noivo. Mas não tem. Portanto, eu acho que papai tem razão de desconfiar dos homens que estão aqui dentro, inclusive meu marido.

D. Ana interrompe:

— Posso falar?

— Fala, mamãe.

A velha exalta-se:

— Eu não admito que vocês desconfiem de Lúcia. Nenhuma irmã tem direito de fazer esse juízo de outra irmã. Vocês se esquecem de que é uma criança? Que Lúcia é uma criança?

E a outra: "Ora, mamãe, ora! Criança como? Onde? Fazendo o que ela fez? Isso é criança? Nunca!". A outra, a que brigara na escada, ergue-se:

— Tudo isso é conversa fiada. E o fato é o seguinte: eu perdi o meu sossego, meu Deus!

— Por quê? Ora!

— Porque sim, mamãe! Porque meu marido vai conviver com minha irmã. Eu sei, mamãe, como são os homens. E aposto o que a senhora quiser que meu marido, sempre que olhar para Lúcia, há de pensar no que houve. Isso é batata! Os homens não prestam, mamãe!

D. Ana perde a cabeça. Fora de si, grita: "Mas será que todo mundo enlouqueceu aqui dentro? Vocês estão malucas? O que você está dizendo é uma infâmia!".

A filha teima:

— Raciocina, mamãe, pensa um pouco! Nós três somos o prato de todo dia para os nossos maridos. Além disso, eu tenho 30, outra 28 e mais outra 32. A senhora acha que nós somos mais bonitas, mais interessantes, do que Lúcia? Qual é a sua opinião?

As duas outras confirmaram:

— Claro, claro!

O VELHO MACIEL

Então, d. Ana fez os apelos mais desesperados. Por fim, face a face com Isabel, diz-lhe:

— Você quer que eu me ajoelhe aos seus pés? Quer que eu me ajoelhe aos pés de cada uma de vocês? Eu quero o seguinte: que vocês acabem com isso, façam as pazes!

As irmãs se entreolharam. Isabel põe a mão na altura da úlcera, que latejava; admite:

— Está bem, mamãe, está bem.

A própria d. Ana vai buscar Lúcia, pela mão. Parece reger a cena:

— Agora um abraço. Andem. Quero que vocês se abracem.

Houve uma última resistência: "Pra quê, mamãe?". Lúcia, menos ressentida, teve a iniciativa: "Você me desculpe, Fulana". A última palavra coube, ainda, a d. Ana. Não quis ver o que havia de superficial, de aparente, no episódio. Chorou:

— Estou velha, com pressão baixa, no fim da vida. Não me tirem o direito de morrer descansada!

Dr. Maciel chega ao cair da tarde. E parecia outro. Então, põe o chapéu no cabide e vira-se para a esposa. Esfregando as mãos, com um lampejo no olhar, pergunta:

— Tudo ok?

E ela, desviando o olhar:

— Tudo.

Dr. Maciel ainda foi ligar o rádio para ouvir a ave-maria cantada. Parecia muito satisfeito. E houve um momento, pouco depois, em que, observando o silêncio e as fisionomias espantadas, interpela a esposa e as filhas:

— Por que essa cara de enterro, bolas? Ninguém morreu, ora essa!

D. Ana ergue-se, atarantada: "Não há nada". E, ali, só o próprio dr. Maciel não percebia a incoerência entre o seu desespero da véspera e a sua aparente euforia atual. O jantar, nessa noite, começou em silêncio. Novamente, o velho explode: "Estão caladas por quê? Falem! Conversem!". Para a filha menor disse, com grave ternura:

— Eu sempre estarei contigo, sempre!

Até que chegou o momento em que ficou só com a esposa. Andando de um lado para outro, dr. Maciel vai falando:

— Achei uma solução para o caso de Lúcia.

Pausa. D. Ana pergunta, a medo: "Qual?". Ele estaca diante da mulher:

— Vou tirá-la daqui. Compreendeu?

Não, d. Ana não compreende. Atônita, indaga: "Como?". E ele:

— Claro! É evidente que ela não pode ficar aqui, nesse estado. Por enquanto não se nota nada. Mas depois? O golpe é levá-la para fora. Assim ninguém sabe, ninguém vê e pronto.

— Você concorda, então, com o filho?

Dr. Maciel irrita-se:

— Não posso discordar, nem concordar. É um fato consumado. Aconteceu e está acabado. A solução, única aliás, é despachá-la.

Há um silêncio. E, súbito, vem a objeção de d. Ana:

— Mas eu não posso deixar minha casa. Afinal, eu não sou mãe de uma única filha e...

Com o charuto entre os dedos, o marido corta:

— Claro! Você precisa ficar à testa da casa, tomando conta da casa.

D. Ana ergue-se, desconcertada:

— Você iria sozinho, com Lúcia? Só vocês dois?

Ele confirma, cordialíssimo:

— Exato. E já tomei as minhas providências. Um rapaz do escritório tem uma fazendola, lá nos cafundós do Judas. É um fim do mundo. Felizmente, o meu sócio é pessoa de minha absoluta confiança. Confio nele como em mim mesmo. Vou com Lúcia...

D. Ana encara com o marido:

— Não.

— Como?!

E ela:

— Absolutamente. Eu não quero, nem admito!

Com o dedo mindinho, dr. Maciel bate a cinza do charuto. Aproxima-se, estupefato: "Vem cá: quem é você para admitir ou deixar de admitir?". D. Ana ergue o rosto. Explode, na primeira fúria de sua vida matrimonial:

— Eu leio no seu pensamento, Maciel! Sei o que você quer! Mas olha: a mim você não engana! E eu o mato, por essa luz que me alumia — eu o mato!

Parecia uma louca.

10

Dr. Maciel segurou a mulher pelos pulsos. Branco, o lábio inferior tremendo, arquejou:

— Repete.

Face a face com o marido, d. Ana repetiu:

— Eu o mato, Maciel! Ou você pensa que eu sou cega? Que eu não conheço você? A mim você não me engana! Pode enganar aos outros. A mim, não!

E ele, no seu espanto:

— Enganar o quê? A quem, criatura? Está maluca!...

Largou-a e veio sentar-se, num canto do quarto. D. Ana, em pé, contemplava-o, sem pena, sem medo. Ele, desmoronado, na cadeira, apertava a cabeça entre as mãos. Mas, coisa curiosa! De repente, algo mudara nas relações entre marido e mulher. Durante anos e anos ela fora, para o marido, para as filhas e até para as criadas, uma espécie de trapo, uma criatura sempre ofendida, sempre humilhada. Quantas vezes o próprio marido não a arrasara: "Mulher sem caráter! Lesma, lesma!". Súbito, após trinta e três anos de humildade, trinta e três anos de falta de caráter, ela o desafia e subjuga. Dr. Maciel, com os ombros vergados, deixa escapar o seu lamento sem cólera:

— Você me julga capaz? Mas, então, que espécie de alma você tem? Responde!

Ergue-se. Está diante da mulher. Olha a mulher, com espanto, como se a visse com um rosto novo, uma face desconhecida e perturbadora. No seu assombro, dizia:

— Que cérebro sujo é o teu? — E perguntou, com a voz estrangulada: — Por que não esfregas teu cérebro com potassa?[11] Por quê? Por que não te lavas por dentro?

D. Ana não se mexeu. Seu rosto, que antes era duma doçura quase alvar, tornava-se uma máscara taciturna, inescrutável. E, de repente, dr. Maciel percebia que ninguém conhece ninguém; e que, após trinta e três anos de convivência diária, a esposa era uma desconhecida.

— Desconfias de mim?

Veio a resposta inapelável:

— Sim.

E ele:

— Por quê? Explica, por quê? Ao menos, explica!

D. Ana parece morder as próprias palavras:

— Você não gostou nunca das outras filhas. Você sempre as desprezou, sempre! É verdade ou não é?

— Mentira! Sua mentirosa!

---

[11] Potassa: substância usada na fabricação de sabão e detergente.

Ela explica:

— É você! Mentiroso é você!

Dr. Maciel estaca. E, numa incoerência absoluta, admite, baixando a voz:

— Não gostei, nunca, das outras filhas! Sempre as desprezei! — E completa, com violência: — Só gosto de Lúcia, só! — Vira-se para a mulher: — E, por acaso, eu não tenho direito de preferir uma filha? Você não me dá esse direito?...

Silêncio. Dr. Maciel anda de um lado para outro. Bate no próprio peito: "O que eu sinto por Lúcia é adoração. O que eu sinto por ela é uma coisa que você não compreende, nem compreenderá nunca. É minha filha!". E d. Ana:

— Não! Pai das outras e não de Lúcia! Cuida das outras e deixa Lúcia comigo!...

Cansado de tudo e de todos, ele anda alguns passos, desaba na cama de casal. De bruços, crispa as duas mãos nos travesseiros, soluçando:

— Não é minha filha!... Não é minha filha!...

DESESPERO EM CASA

Sim, não havia dúvida: o inferno estava instalado naquela casa. E, sobretudo, era a dúvida, era a suspeita. Na noite seguinte, em pleno jantar, que transcorria em silêncio, Isabel tem um lamento inesperado:

— Parece que estamos esperando um crime!

Ela própria pareceu se surpreender com o som da própria voz e com o inesperado do próprio comentário. O marido, ao lado, a cutuca, rosnando:

— Palpite cretino!

D. Ana, servindo a sopa, suspira:

— Quem sabe?

E olhou para dr. Maciel, que baixou o rosto. Depois do jantar, os genros saem um momento para a varanda. Cochicham, impressionados:

— Sabe que eu estou com a minha cara no chão? Besta?

— Por quê?

Aparício olha para os lados, baixa a voz:

— Quem canta de galo, agora, é a velha. O velho murchou a crista.

Mauro coça a cabeça:

— Não estou entendendo pitomba!

Aparício enfia as duas mãos nos bolsos:

— Nem eu, nem eu! E o fato é o seguinte: o negócio, aqui, está cada vez mais chato!

No mesmo momento, d. Ana leva Lúcia para o gabinete. Dr. Maciel fica na saleta, lendo jornal. E então, apanhando entre as suas as mãos da filha, d. Ana pergunta, com tristíssima doçura:

— Quem é a sua maior amiga, minha filha?

Lúcia vacila:

— Quem? — E responde, com surdo sofrimento: — A senhora.

D. Ana tem um lampejo no olhar:

— Pois é. E eu já te disse, não foi? Que uma filha conta sempre com a mãe, haja o que houver? Meu anjo, a mãe não julga, não condena. O que uma mãe quer é proteger. Só, nada mais. Compreendeu?

Lúcia admite, baixando a cabeça:

— Compreendi.

E d. Ana:

— Sua mãe quer saber, de você, apenas o seguinte: você gosta de alguém, não gosta? Se houve o que houve, é porque você gosta de alguém, claro! E quem é? Diga, pode dizer. Seja quem for, eu não me oponho. O mal já está feito. Você casa e pronto. Assim, nessa situação, é que não pode ficar, evidentemente. Quem é o rapaz?

Lúcia ergue o rosto:

— Mamãe, eu não gosto de ninguém. Ou, pelo menos, não tenho amor por ninguém. A senhora quer que eu jure, eu juro.

A mãe, atônita, indaga:

— Mas não gosta de ninguém como? E isso que aconteceu?

Lúcia levanta-se. Diante de d. Ana, torce e distorce as mãos; começa a chorar:

— Não foi amor, mamãe, foi pena! Eu tive pena, ouviu?

— Pena?

E a garota:

— Não me pergunte mais nada, mamãe. Basta que saiba que eu fiquei com pena e... — Hesita e continua: — Ele estava tão triste, tão só, e o que eu fiz, mamãe, ninguém mais faria, e eu, então... Acredite, mamãe, que só eu... — Rompe num soluço maior: — E não me arrependo, mamãe, juro que não me arrependo!...

D. Ana, dilacerada, ainda ia perguntar qualquer coisa, quando alguém abre a porta. Era o dr. Maciel. Olha, em silêncio, a filha chorando.

O FALSO PAI

A presença do marido, decidiu d. Ana. Passa a mão na cabeça da filha e começa: "Minha filha, você vai sair daqui, vai passar uns tempos na casa de sua avó...".

Lúcia vira-se, rápida e assustada:

— Por quê?

D. Ana hesita: "Bem. Eu não posso explicar ainda... Talvez lhe explique um dia... Mas você tem que acreditar na sua mãe... Você precisa passar uns tempos na casa de sua avó e...". Então, dr. Maciel, que ouvia, com o coração apertado pelo medo, inclina-se sobre Lúcia. No seu desespero contido, diz: "Ela quer me separar de ti, Lúcia!". A pequena levanta-se, espantada:

— Do senhor? Separar do senhor?

D. Ana repete:

— Você precisa sair daqui, Lúcia! Precisa!

A menina olha para um, para outro. Dr. Maciel baixa a voz:

— Minha filha, se você tivesse que escolher entre seu pai e sua mãe, a quem você escolheria? Entre nós dois?...

Lúcia aperta o rosto entre as mãos:

— Entre mamãe e o senhor?

Explode em soluços:

— O senhor, papai! Eu escolheria o senhor!...

11

FORA DE SI, d. Ana se interpôs entre dr. Maciel e Lúcia. Segurou a filha pelos dois braços e a sacudiu. Trinca as palavras nos dentes:

— Não é possível, minha filha! Não pode ser!... Sou tua mãe e ele, esse homem...

Lúcia completa:

— É meu pai!

D. Ana larga a moça; pergunta, atônita:

— Teu pai?...

Vira-se, então, para o marido: encaram-se. Ele tem um rosto sem piedade. Diz, quase sem mover os lábios, com a mão espalmada no peito:

— É minha! Prefere a mim, que sou o pai!...

D. Ana volta-se, de novo, para a filha, que olha ora um, ora outro. Toma entre as suas as mãos da filha:

— Há uma coisa, que tu não sabes... Há uma verdade, que eu escondo de todos, e que só eu e meu marido sabemos... — Continua, olhando para dr. Maciel: — É uma coisa que eu não queria te dizer nunca... Nem a ti, nem a ninguém... Mas acabarei dizendo...

Cala-se, chorando. Dr. Maciel põe a mão na cabeça da filha, suspira:

— Agora vai, minha filha. Vai, porque eu preciso falar com tua mãe.

Lúcia passa por eles, desliza sem rumor, desaparece. E então, com um meio sorriso, e olhando as próprias unhas, dr. Maciel indaga:

— Por que você não vai ao médico?

D. Ana, que já ia saindo, estaca; vira-se, lentamente, sem compreender. Repete:

— Médico?

Ele esfrega as mãos, numa satisfação profunda. Em voz baixa, cariciosa, continua:

— Médico, sim. Médico psiquiatra. Por que não vai?

D. Ana recua; encosta-se à parede.

— Mas por quê? E pra quê?

Dr. Maciel abandona a falsa cordialidade. Põe a mão no ombro da esposa:

— Não se atravesse no meu caminho, percebeu? — E bate no próprio peito: — Eu tenho meios, ouviu? Meios de quebrar você assim, olha!

E com efeito, diante da mulher estupefata, cerra a mão potente, como se estivesse esmagando alguma coisa ou alguém. Baixa a cabeça, aproxima o rosto cruel:

— Lúcia vai comigo para onde eu quiser e quando eu quiser...

Geme:

— Não quero! Não quero!

O marido prossegue:

— Vai, porque eu quero e porque você não dirá nada, não abrirá a boca... E, se disser, eu posso destruir você, tranquilamente. — Ri, ignóbil: — E sabe como? Com aprovação de Lúcia, das suas filhas todas, dos genros, da família em peso.

D. Ana soluça:

— Duvido!

E ele, com divertido espanto:

— Duvida? E quer que eu prove a minha força, quer? Já? — Estava sentado, ergue-se; e, de novo, esfrega as mãos: — Já vi que preciso agir. Não posso ter contemplações com você. Não soube ser esposa, não soube ser mãe, não soube ser nada. Paciência.

Já ia saindo, quando a mulher, enfurecida, o puxa pelo braço. Diz-lhe:

— Demônio! Demônio!...

Lúcia abria a geladeira, para apanhar água gelada, quando a criadinha de Nonô entra na cozinha. A pequena pergunta:

— Que foi?

E a outra, que, sem razão aparente, falava sempre baixo, com ar de medo:

— Seu Nonô chama a senhora.

Bebeu a água gelada:

— Já vou.

Dali a pouco, estava ao lado do jovem paralítico. Ele, sôfrego, apanha as mãos da menina:

— Por que demoraste?

E ela, doce:

— Olha, meu filho. Tenho que ir embora já...

Nonô interrompe:

— Por quê?

Sempre que o via, a menina crispava-se de pena. Como Nonô, ressentido, a empurrasse, ela se debruça:

— Mas se eu vier muito aqui, vão acabar desconfiando, meu filho. Claro!

Ele tem um riso mau. Subitamente sério, exclama, violento:

— Mentira! Ninguém vai desconfiar de nada. Desconfiar por quê? — Com os olhos cheios de lágrimas, continua: — Quem vai desconfiar que um paralítico como eu... Nunca passaria pela cabeça de ninguém...

Lúcia sorri, triste:

— Quem sabe?

E o rapaz, agarrando-se à pequena:

— Se desconfiassem, se soubessem, que importância teria?

Lúcia baixa a cabeça:

— Não quero!

— Por quê?

Silêncio. Nonô se exalta, de novo. Na sua cólera contida, exige: "Fala!". Ela, que estava de costas, volta-se, rápida e violenta:

— Mas é claro! Se souberem que foi você, que você é o pai, vão querer o casamento!...

Para. Nonô apanha sua mão e a beija, com o desespero: "Meu amor, meu amor!". Lúcia, porém, se desprende. Afasta-se alguns passos. De costas para ele, com as mãos entrelaçadas na altura do peito, os olhos fechados, prossegue:

— Eu te avisei, não foi? Te avisei que não casaria contigo. E tu concordaste. Minto?

E ele, cobrindo o rosto com uma das mãos:

— É verdade. Concordei, mas... — Impulsiona a cadeira de rodas até junto da pequena; faz o apelo: — Eu apenas queria de ti que dissesses o seguinte: não te casarás comigo, nem com ninguém. Jura!

Ergue o rosto:

— Não posso. Agora, não. Agora não posso fazer juramento nenhum. Talvez depois. E deixa eu ir que já é tarde, sim? Até amanhã.

Estende a mão, que Nonô, desvairado, cobre de beijos. E, quando a menina se afasta, ele a persegue, até a porta, na cadeira de rodas:

— Eu te amo, te amo e te amo!

Quando Lúcia entra na sala, há uma reunião de família. Todos presentes, menos d. Ana. As filhas casadas e os genros escutam o dr. Maciel. Ao aparecer a menina, todas as fisionomias se voltam na sua direção. O pai, que apenas começara, emudece, desconcertado. E, então, muito olhada, Lúcia passa, de cabeça baixa. Sobe, correndo. D. Ana, no quarto, trancada, rezava. Embaixo, dr. Maciel pôde continuar:

— O que eu pergunto é o seguinte: vocês não notaram nada nos modos, nas atitudes de minha mulher?

Os presentes se entreolharam. Aparício pigarreia: "Nada como?". Dr. Maciel esmaga a brasa do cigarro no fundo do cinzeiro:

— Há muito tempo que minha mulher já não é a mesma. Mudou muito e de repente. De noite, não dorme: fica até o amanhecer, sentada na cama de braços cruzados. E não é só isso. — Baixa a voz. — Eu descobri, ontem, debaixo do seu travesseiro, um punhal, imaginem!

Houve um assombro na sala. Mauro engole em seco: "Ora veja!". Mas dr. Maciel, sempre em voz baixa, insiste: "Se fosse outra mulher, eu não diria nada. Mas vocês não me deixam mentir: até as nossas bodas de prata, ela foi um anjo, uma santa. É ou não é?". Confirmaram: "Mas claro!". Dr. Maciel ergue-se:

— E me corta o coração que uma companheira de trinta e três anos mude, de repente, a ponto — imaginem —, a ponto de querer a minha morte.

— Não é possível!

Ele suspira: "Infelizmente. Tomou-se de ódio contra mim, que sou o seu esposo, o seu maior amigo. Faz contra mim as acusações mais infamantes. Atribui a mim sentimentos hediondos. E mais: está tão fora de si que me disse sabe o quê?". Pausa. Trêmulo, anuncia:

— Que Lúcia não é minha filha, vejam vocês! Quer dizer, deixou de ser a responsável pelos próprios atos e palavras. Se não se respeita a si mesma, se estraçalha a própria honra, é porque algo aconteceu que — nova pausa, e conclui: — Não há dúvida: minha mulher sofre de um desequilíbrio mental e...

Isabel chora. Alguém sugere: "Vamos chamar um médico". E dr. Maciel, num profundíssimo suspiro:

— Tudo isso é muito desagradável, eu sei. Mas eu acho que, em situações como essa, a solução dolorosa, mas necessária, é internar... Vocês não acham?...

12

Isabel ergueu-se, já com a dor da úlcera. Olha em torno, assombrada:

— Internar mamãe?

O marido, rápido, cochicha:

— Senta, senta!

Isabel obedece, mas começa a chorar. O outro ralha, baixo:

— Perde essa mania de fazer carnaval!

Isabel se insurge:

— Você diz isso porque a mãe não é sua!

Dr. Maciel intervém, sem cólera, quase com doçura:

— Calma, calma! Não vamos dramatizar e... — Pausa e continua: — Afinal de contas, quem pode dar a última palavra, decidir a questão, é o médico. Nós somos leigos.

Todos, ali, sob uma impressão profunda, não dizem uma palavra, quando o dr. Maciel abandona a sala e sobe. Mas, na ausência do velho, as filhas e os genros, numa voz de terror, cochicham entre si. Pálido, Mauro balbucia:

— Que coisa chata!

Aparício risca o fósforo e acende o cigarro:

— De fato, eu tenho notado que dona Ana não é a mesma... Olha de uma maneira diferente, anda triste...

A esposa o interrompe, com violência:

— Ora, não amola! Você diz isso porque papai falou! Sossega!

Os outros contemplam, em silêncio, o incidente conjugal. Aparício, porém, protesta:

— "Sossega" digo eu! Ou você está pensando que eu sou alguma maria vai com as outras?

Ergueu-se, ofendido. Com as duas mãos nos bolsos, anda de um lado para outro:

— Graças a Deus, eu tenho a minha personalidade! E você acha que a sua mãe não pode ter um desequilíbrio mental? As outras podem, sua mãe, não! Mas que lógica gozada!

Isabel implora, olhando para cima:

— Falem baixo! Mamãe pode ouvir!

O ANJO

A partir de então, o dr. Maciel foi de uma constância exemplar. Não falava noutra coisa. Se d. Ana se irritava, se acusava uma impaciência trivial, ele convocava uma filha ou um genro; baixava a voz:

— Vocês estão vendo?

— O quê?

E ele, cavo, numa satisfação profunda:

— Está com os nervos em pandarecos! Excitadíssima!

Pouco a pouco, d. Ana foi se sentindo muito olhada. Tinha a impressão de que olhos a perseguiam, por toda parte. E o marido já a tratava com uma cordialidade e piedade exasperante. Uma noite, durante o jantar, ela está servindo a sopa. Súbito, estaca:

— Estão me olhando por quê? — E insiste, com surdo sofrimento: — Por que todo mundo me olha?!

Ninguém diz nada. Dr. Maciel põe a mão no braço da esposa. Pigarreia:

— Não se excite, meu bem!

D. Ana retira o braço, como se o contato daquele homem a queimasse. Encara-o, agressiva:

— Eu não estou excitada! Eu...

Emudece. Não sabe mais o que dizer. Dr. Maciel olha em torno, como quem pergunta: "Estão vendo?". Volta-se para a mulher:

— Meu anjo, você está nervosa! Você precisa se tratar, meu anjo!

Essa doçura a enfureceu. Pôs-se de pé; interpela o marido, em meio ao espanto das filhas e dos genros:

— Por que você me trata bem agora? Mudou de tratamento por quê? Nunca me chamou de "meu anjo" e de "meu bem". Por que isso, agora, por quê?

O velho abre os braços:

— Mas, Ana! Será que o meu carinho irrita você? Será que minha consideração a ofende?

E d. Ana, ofegante:

— Você pode enganar os outros! A mim, não! A mim, não engana!

Diante do assombro de todos, ela abandona a sala, aos soluços. Dr. Maciel vira-se para as filhas e os rapazes:

— Vocês viram que caso sério? Está desatinada. — Baixa a voz, acrescentando: — E o meu medo é o seguinte: a qualquer momento, ela pode ter uma crise séria!

A CRISE

Passou a só falar na "crise". Explicava de uma maneira um tanto obscura:

— É um processo. E, de repente, quando menos se espera, há explosão. — E suspirava: — Um caso sério! Seríssimo!

Os genros já sugeriam:

— Não vai chamar o médico?

E ele:

— Depende. Vou pensar.

Mentiu sem dizer nada a ninguém, já ouvira um psiquiatra. Descrevera o caso nos seguintes termos:

— Durante trinta e três anos, foi o que se pode chamar uma santa. Posso lhe afirmar, doutor, o seguinte: nenhuma mulher mais terna, mais dócil, mais humilde. Nunca discutiu uma ordem minha. Era Deus no Céu e eu na Terra.

O psiquiatra, estalando os dedos, admitiu:

— Compreendo, compreendo.

Dr. Maciel baixa a voz:

— De repente, essa mulher sem vontade e, posso mesmo dizer, sem caráter, muda completamente. Sem motivo nenhum, vira-se contra mim, que ela venerava; e mais, está vendo isso aqui?

Diante do médico interessado, dr. Maciel desembrulha, de um papel de seda, o punhal, que comprara a caminho do consultório. Continua, de olhos fitos no psiquiatra:

— Eu encontrei esse punhal debaixo do travesseiro. Quer me matar, segundo presumo, durante o sono.

O psiquiatra, grave, apanhou o punhal. Examinou-o, com um ar profundo. Devolve-o, suspirando:

— Bonito punhal!

Então dr. Maciel apanha o chapéu e levanta-se: "Estamos combinados, doutor. O senhor vai, depois de amanhã, lá em casa, jantar, como um conhecido meu, um simples conhecido. Minha situação de marido é um tanto delicada. Tenho todo o empenho em que veja minha mulher, observe-a...". O médico levou o cliente até a porta. Ia dizendo:

— Perfeitamente, pois não.

DEMÔNIO[12]

No dia seguinte, pela manhã, antes de sair, dr. Maciel avisou: "Logo mais vem, aqui jantar, um amigo meu". Em seguida, baixou a voz para Isabel: "É o médico. Mas sua mãe não pode saber, ouviu?". De noite, aparece o dr. Maciel com o médico incógnito. Pouco antes, a caminho da casa, o advertira, com insistência: "Desejo que o senhor observe o ódio anormal, patológico, que minha mulher, depois de trinta e três anos de felicidade conjugal, nutre por mim". O psiquiatra, que se chamava Jubileu, dr. Jubileu, estava mais do que prevenido. Começa o jantar, com o dr. Jubileu ao lado do dono da casa, ao passo que d. Ana ocupava a cabeceira. D. Ana, contida e taciturna, serve os pratos. E, súbito, amassando miolo de pão, afetando naturalidade, dr. Maciel anuncia:

— Tomei todas as providências para a viagem de Lúcia.

D. Ana, que estava servindo Isabel, pousa o prato na mesa, atônita:

---

[12] Originalmente, o trecho que aqui recebe o subtítulo "O anjo" (p. 85) chamava-se "Demônio", que, no entanto, tem mais a ver com este trecho, originalmente chamado de "A crise", repetindo o anterior. Os novos títulos apareceram assim na edição da Companhia das Letras (2002), eliminando, com isso, a repetição do título dos dois últimos trechos.

— Viagem de quem?

E o marido, cordialíssimo:

— De Lúcia. A viagem de Lúcia. Partimos depois de amanhã.

Ao mesmo tempo que falava, dr. Maciel, por debaixo da mesa, pisava o pé do médico.

D. Ana ergueu-se, desfigurada. Dá um tapa no prato, entornando a sopa:

— Eu não deixo! Eu não quero!

Dr. Maciel ergueu-se também. Olhava em torno, simulando surpresa:

— Não se exalte! Pra que se exaltar! E você não quer por quê?

Há tumulto na sala. Apenas o dr. Jubileu, pondo os óculos, encara a cena de um ponto de vista estritamente técnico. As filhas se precipitam em exclamações: "Mamãe! Que é isso, mamãe?". Agarrada por muitos braços, arrastada, d. Ana esperneia, ainda:

— Ela não é sua filha! É minha, só minha! Eu não confio em você! Não deixo minha filha sozinha com você! — E, já na escada, esganiçava a voz: — Seu demônio! Você é o demônio!

Dr. Maciel, impassível, cruzava os braços. Limitou-se a dizer, alto, para as filhas: "Não a contrariem! Não a contrariem!". Depois que d. Ana saiu, ele tem um suspiro, em profundidade: "Vocês viram? É um caso dolorosíssimo e um golpe para mim, um golpe muito duro". Pigarreia e indaga do médico: "Qual é sua opinião, doutor?". O médico acaba de tirar os óculos, de embolsá-los; esfrega as mãos:

— Não há dúvida! Não há dúvida!

Dr. Maciel faz uma pergunta, que é também uma sugestão:

— Casa de saúde?

E o fulano: "É o golpe!". Os genros estão de olhos esbugalhados. Dr. Maciel respira forte:

— Eu vou interná-la, antes de minha viagem com Lúcia.

13

LÁ EM CIMA, d. Ana chora, cercada das filhas casadas. Embaixo, dr. Maciel explica para o psiquiatra e para os genros:

— A pior situação, aqui, é minha, doutor. Afinal de contas, nunca esperei que, no fim da vida, eu... — E suspira: — Caso sério! Caso sério!

O médico estala os dedos:

— Muito desagradável!

Só os genros não dizem nada. Dr. Maciel pigarreia:

— Bem, doutor. O senhor, naturalmente, conhece uma boa casa de saúde?

E o médico, grave:

— Várias. Conheço várias.

Dr. Maciel parece animado:

— Ótimo, ótimo!

Esfrega as mãos, andando de um lado para outro. E continua:

— Eu queria, justamente, doutor, que o senhor indicasse uma casa de saúde de toda a confiança. Não sou rico, mas, graças a Deus, tenho minhas economias e quero, faço questão, que minha esposa tenha o tratamento que merece. Dinheiro há!

Dr. Jubileu admite:

— Claro!

Então Aparício, que ouvia só, muito impressionado, pergunta:

— Eu ouço dizer que, nesses lugares, os doentes apanham.

O sogro não pôde evitar um movimento de contrariedade ante essa intromissão. Mas o dr. Jubileu, cordialíssimo, condescendeu em explicar:

— Exageram muito! Fazem muita literatura! — Sorri, prosseguindo: — É claro que um doente mental exige uma certa vigilância, muito natural, óbvia. Nada mais.

Dr. Maciel bufa:

— Evidente, evidente!

SOLUÇÃO

Quando o médico se despede e sai, Isabel desce. Deixara as outras duas irmãs casadas ao lado de d. Ana. No meio da escada, Isabel para, encosta-se à parede, numa azia intolerável. Não há dúvida de que a situação afetou a úlcera, e ela geme: "Ah, meu Deus, meu Deus!". Acaba de descer e vem falar com o pai:

— Mamãe está chamando Lúcia!

Dr. Maciel, que estava sentado, ergue-se. Seu rosto magro toma uma expressão de descontentamento cruel:

— Pra quê? Falar com Lúcia pra quê? Não, senhora, em absoluto. Vamos deixar Lúcia em paz!

Isabel vacila. E, súbito, cobre o rosto com uma das mãos:

— Tenho medo!

O marido se precipita. Baixa a voz, zangado:

— Medo de quê? Não faz onda, carambolas! Que mania!

Mas era verdade. Desde criança, desde pequenininha: Isabel tinha o pânico, o pavor de "gente doida". E agora, diante de d. Ana, crispava-se mais de medo que de amor, mais de espanto que de piedade. Dr. Maciel dominou a situação; pareceu justificar a filha:

— É justo, razoável! — E interpelou os genros: — Quem não tem medo de um louco? Muito natural, minha filha!

Mas o que o dr. Maciel não percebeu é que Lúcia, sem rumor, deslizara e subira, rente à parede. Assim que a viu entrar no quarto, d. Ana levanta-se, balbucia: "Oh, graças, graças!". Agarra-se a Lúcia, estreita a pequena nos seus braços de nervosa. Lúcia chora. A mãe, no seu carinho delirante, afaga a menina nos cabelos. De repente, vira-se para as outras duas filhas que, imóveis, assistem à cena. Diz:

— Eu quero ficar sozinha com Lúcia.

As outras vacilam. D. Ana bate com o pé:

— Vocês vão sair ou não vão?

E quando, enfim, as duas filhas abandonam o quarto, d. Ana torce a chave. Senta-se na cama, de mãos dadas com a menina:

— Você gosta de sua mãe, minha filha?

Responde:

— Claro, mamãe! Gosto da senhora, sim!

— Não tem medo de mim?

Parece admirada:

— Por quê, mamãe?

D. Ana ergue-se. Por um momento olha em torno, como se pudesse existir, ali, uma testemunha invisível do seu diálogo. Exclama, num lamento:

— Se você não tem medo de mim, as outras têm!

Lúcia protesta:

— Não, mamãe!

Mas d. Ana teima, com surdo sofrimento:

— Sim, Lúcia! Todos, aqui, me olham como se eu fosse louca! — Toma entre as suas as mãos da filha: — Mas eu quero saber, de ti, apenas o seguinte: tu me julgas doida? Fala! E vou te dizer mais: no mundo inteiro, só você me importa. Se minhas outras filhas me expulsarem, me desprezarem, não faz mal. — Pausa e repete: — Sou doida?

Lúcia ergue o rosto:

— Não!

D. Ana fecha os olhos, cerra os lábios, num deslumbramento de todo o ser. Lúcia a afaga no rosto, limpa com as costas da mão as lágrimas maternas. Por fim, mais tranquila, d. Ana recomeça:

— Olha, meu anjo: eu tenho que falar depressa, porque teu pai não tarda. Ainda uma pergunta, uma última pergunta: tu julgarias tua mãe? Tu condenarias tua mãe?

Não entende:

— Como?

Neste momento, batem na porta. D. Ana levanta-se, apavorada. Do lado de fora, dr. Maciel chama, torcendo o trinco:

— Ana!

E ela, abraçada à filha, responde:

— Já vou!

O marido insiste:

— Abre isso!

Vai até o meio do quarto:

— Um instantinho só.

Volta para a filha. Precisa dar uma última palavra, mas tem medo. Baixa a voz:

— Eu queria te perguntar, ainda, o seguinte: se eu fosse uma criminosa, tu me perdoarias?

— Ora, mamãe!

Na sua angústia, d. Ana prossegue:

— Responde!

E Lúcia:

— Perdoaria.

Devia bastar. D. Ana, porém, quer mais. Segura o braço da filha:

— Mesmo que eu matasse alguém que te fosse querido? De quem gostasses muito? Mesmo assim?

Silêncio. Lúcia tem, no rosto, uma expressão de choro:

— Matar? E quem, mamãe? Matar por quê? — Em pé, no meio do quarto, olhos fechados, Lúcia concentra-se; raciocina em voz alta: — Uma pessoa que eu gostasse muito?

Abre os olhos. E recua diante de d. Ana, num princípio de medo. Encostada à parede, parece adivinhar:

— Papai?

D. Ana sente o pavor da filha. Aproxima-se, já cariciosa: "Não, não, Lúcia! Teu pai, não! Teu pai por quê? Mas vai, minha filha. Teu pai quer falar comigo, vai!".

Enquanto Lúcia abre a porta, d. Ana deita-se novamente. Dr. Maciel entra, desfigurado pela cólera. Estava diante de Lúcia:

— Ela te fez alguma coisa?

Antes de passar por ele, de cabeça baixa, Lúcia balbucia:

— Não.

DESESPERADA

D. Ana está deitada, e sua mão desliza debaixo do travesseiro. Dr. Maciel aproxima-se da cama. Contempla a mulher com uma curiosidade maligna, sem nenhuma pena no coração. Ia falar, mas d. Ana se antecipa. Pergunta, com uma doçura que o surpreende:

— Você vai me internar quando?

Dr. Maciel espanta-se; não sabe o que dizer. Senta-se numa extremidade da cama. Com falsa naturalidade, indaga: "Mas quem falou em internação?". Não houve resposta. Pigarreia:

— Não se trata de internação. Apenas você irá, comigo, a um lugar e...

Não pôde completar. Rápida, d. Ana senta-se na cama. Um pequeno revólver aparece na sua mão. Trinca as palavras nos dentes:

— Morre! Morre!

Atira quatro vezes, quase à queima-roupa. E, súbito, dr. Maciel sentia-se no centro de uma constelação de estampidos.

14

Os TRÊS GENROS subiram, de roldão, enquanto as mulheres, na sala, tinham ataques. Batem na porta, chamam. Aparício torce o trinco. E o pior de tudo é o silêncio. Mauro grita:

— Doutor Maciel! Dona Ana!

De cócoras, Aparício espia, pelo buraco da fechadura. Levanta-se, sem ter visto nada. Súbito, Lúcia aparece. Agarra-se a Aparício:

— Arrombem a porta!

O cheiro de pólvora espalhou-se por toda a casa. Vizinhos invadem a casa, perguntando: "Que foi? Que foi?". Mauro toma distância e vai meter os ombros na porta. Lúcia tem um soluço: "Papai morreu". Cai de joelhos, mergulha o rosto nas duas mãos, chora.

E, de repente, todos ficam imóveis. Alguém está torcendo a chave, por dentro. E, aberta a porta, aparece o dr. Maciel, com a mão no ombro ensanguentado. No fundo do quarto, em pé, de cabeça baixa, os braços pendentes, todos veem d. Ana. Dr. Maciel está dizendo, com a respiração curta:

— Não foi nada...

Lúcia não o deixou terminar. Atirou-se nos seus braços:

— Oh, papai!

E ele:

— Minha filha!

Os vizinhos, que tinham entrado ali, sôfregos, na presunção de uma desgraça, talvez de um crime, pareciam esperar uma explicação mais clara e minuciosa. Dr. Maciel dirige-se a todos:

— A arma disparou, sem querer. Felizmente, creio que o ferimento não tem maior gravidade.

Lúcia pergunta:

— Está doendo?

Ele sorri, com sacrifício:

— Mais ou menos. Nem tanto. — E admite, fechando os olhos:
— Um pouco.

Na verdade, doía muito. Tinha uma sensação de fogo no ombro. Um dos genros descera para chamar a Assistência. E até que veio a ambulância os vizinhos andaram pelos cantos, assombrados. Dir-se-ia que não estavam satisfeitos com a versão do acidente. Quanto a d. Ana, ficara passiva num canto, esquecida e desinteressada, imersa numa meditação vazia e sem fim. Dr. Maciel teve que repetir, para o médico, a explicação da fatalidade. Mas enquanto o velho, sem camisa, recebia os curativos (a bala passara de raspão), já os comentários da vizinhança, na calçada, traduziam uma incredulidade geral:

— Acidente como?

— Mentira!

— Se fosse um tiro só, mas quatro! Essa história está mal contada. Muito mal contada!

O BOM MARIDO

Enfim, a ambulância partiu, e os vizinhos, com um sentimento não expresso de frustração, despediram-se, um a um. O último baixou a voz para o dr. Maciel:

— Precisando de alguma coisa, não faça cerimônia, doutor Maciel. Sabe como é!

Respondia:

— Obrigado.

Quando a família ficou só, dr. Maciel, com um certo cansaço, certa irritação, pergunta:

— Que cara de enterro é essa?

Silêncio. Ele bate na mesa, com a mão livre:

— Pra todos os efeitos, não houve nada. Isto é, houve um disparo acidental, apenas. Ouviram bem? Apenas isso e nada mais.

Então, ouviu-se a voz de Lúcia:

— Papai, eu queria saber uma coisa: mamãe quis matar o senhor? Mamãe atirou para matar?

Dr. Maciel vacila:

— Bem. Isso é outro problema, minha filha. Não interessa saber se sua mãe quis ou não me matar. — Pausa e prossegue, com aparente emoção: — Sua mãe está num estado em que não é culpada de nada, de coisa nenhuma. Nem pode ser responsabilizada pelos próprios atos, palavras, ideias e sentimentos.

Lúcia balbuciou, olhando para as irmãs:

— Sei, papai.

D. Ana continuava no quarto sozinha. De vez em quando, ou uma das filhas ou um dos genros olhava para o teto. Não vinha de cima, porém, nenhum rumor, nada. Isabel, pensando na própria úlcera, refletia: "Hoje não durmo". Quando dr. Maciel ergueu-se, disse que ia deitar-se, Lúcia perguntou:

— E mamãe?

— Fica comigo.

A garota segura a mão paterna:

— Não é perigoso?

E ele:

— Não. Não há perigo nenhum. Eu tomo cuidado.

O velho sai, Aparício vira-se para a esposa e baixa a voz, impressionado:

— Vou te dizer o seguinte: sempre achei teu pai meio borocoxô. Mas sabes que mudei de opinião? Estou achando a atitude dele, neste caso, decentíssima. Você viu como ele procurava justificar sua mãe, protegê-la? É muita consideração!

Os outros genros cochicham:

— É um velho batata!

MARIDO E MULHER

Dr. Maciel entrou no quarto e fechou a porta, à chave. D. Ana não se mexeu, hirta, muda, como se a companhia do marido tornasse maior e mais desesperadora a sua solidão. Estava em pé, e o máximo que fez, depois de alguns minutos, foi sentar-se numa das extremidades do leito conjugal. A poucos metros, dr. Maciel a contempla com divertida curiosidade. E, súbito, aproximando-se, pergunta:

— Por que não te mataste?

Admira-se:

— Eu?

E ele, caricioso, ignóbil:

— Você, sim! Eu deixei você livre, esperando isso, justamente, esperando que você acabasse com a vida. Lá embaixo, houve um momento em que eu julguei sentir cheiro de gás. Então, pensei: "É ela!". Mas você tem medo! Não quis se matar.

Sem erguer a cabeça, balbuciou:

— Nunca!

Ele continuou, sempre em voz baixa: "Por quê, sua boba? Interessa a você a vida num hospício? Interessa?". D. Ana respondeu, surdamente: "Lúcia precisa de mim!". Dr. Maciel riu:

— Mas como? Que é que você pode fazer encarcerada? O quê? E vou te dizer mais: todos, aqui, estão contra você. Tuas filhas te julgam louca; teus genros, idem. Há de chegar um dia em que se julgará doida também.

Sem cólera, quase doce, d. Ana responde:

— Eu viverei enquanto Lúcia for viva.

Dr. Maciel ri, ainda:

— Fiz a coisa tão bem-feita que amanhã te internarei, por bem ou mal. Se resistires, eu te arrastarei.

Ela ergueu o rosto:

— Irei por bem. Resistir para quê? Eu falhei, não falhei? Atirei em ti, quatro vezes. Não acertei, pronto.

Levantou-se. Anda de um lado para outro, apertando a cabeça entre as mãos:

— Ah, se eu pudesse enlouquecer, de verdade. Se eu ficasse louca!

A PARTIDA

Toda a família passou a noite em claro. Pela manhã, d. Ana deixou-se vestir com uma docilidade de menina. Repetia, na sua tristeza sem lágrimas: "Eu vou, sim...". De vez em quando, estacava e refletia: "Vão me internar na casa de doidos...". Enfim, chegou a hora e o marido veio buscá-la:

— Vamos, Ana?

O táxi já estava esperando, na porta. Ela passa pelas filhas, sem se despedir. Entra no táxi, senta-se e quer sair, outra vez. Explica ao marido, desesperada: "Minhas filhas não me beijaram! Quero o beijo de minhas filhas. Tenho esse direito!". Dr. Maciel foi brutal: segurou-a solidamente, pelos pulsos. Ordena ao chofer:

— Toca o bonde!

O táxi arranca. D. Ana encara-o:

— Eu não te matei, mas alguém há de te matar!

Ele perdeu a cabeça:

— Cale a boca, já!

D. Ana ri, perdidamente:

— O filho de Lúcia tem um pai, não tem? O pai de teu neto será teu assassino!

15

A DOCILIDADE DE d. Ana tornou tudo prodigiosamente fácil. Quando o automóvel entrou no terreno da casa de saúde, ela, que estava imersa numa ardente meditação, parece despertar. Pergunta, com involuntária doçura, como se aquilo fosse um novo lar:

— É aqui?

E o marido:

— Estamos chegando.

D. Ana fez, ainda, um derradeiro comentário:

— Muito bonito isso aqui!

Foi só. Não abriu mais a boca, abandonou-se às mãos do esposo, dos médicos e das enfermeiras. E parecia não ter saudade, nenhuma, do mundo, da vida, das pessoas que tinham ficado para trás, para além dos muros tristes. Dr. Jubileu, de avental, cordial e naturalíssimo, quis ser muito amável:

— A senhora vai ser muito bem tratada.

E tinha um sorriso bom, uma simpatia, uma bondade profissional no rosto. D. Ana, porém, com um riso sardônico, vira-lhe as costas. Chega o momento em que dr. Maciel devia despedir-se. Olha em torno, hesitante, e com surdo sofrimento. Por fim, decide-se. Aproxima-se da esposa, que está sentada numa cadeira de vime, desprendida de tudo e todos, ausente, desinteressada. Inclina-se e tenta um beijo convencional. Mais rápida, porém, d. Ana foge com o rosto. Levanta e encara com o marido. Sóbria e irredutível, e quase sem mover os lábios, diz:

— Teu beijo, não!

Ele abre os braços, desconcertado:

— Paciência!

A cinco metros, o médico é uma testemunha indesejável, incômoda, da cena. Pouco depois, travando o braço do psiquiatra, no corredor, dr. Maciel suspira:

— Ah, doutor, doutor! A única doença em que acredito e que respeito é a loucura. — Vira-se para o outro e conclui: — O câncer não é nada, é pinto, é café pequeno, diante da loucura!

Na volta para casa, ele pensa no pai de seu neto. Quem seria? E como seria? Fecha os olhos. Parece ouvir a voz da esposa repetindo: "O pai de teu neto será teu assassino!". Ainda não sente medo, mas sabe que ele é inevitável e próximo. A qualquer momento, poderá se acovardar diante desse assassino possível e desconhecido. Antes de chegar em casa, já começava a sofrer. E mais do que isso: já sentia uma surda irritação. Com envenenado humor, especula: "Eu não conheço o meu assassino! Ele pode ser qualquer um, inclusive este chofer!". Ao pagar o táxi, pouco depois, decide: "Vou saber quem é, de qualquer maneira". Entra em casa, perguntando:

— Lúcia, quedê Lúcia?

Informam:

— Está no vizinho.

E ele, irritado:

— Fazendo lá o quê? Ora pílulas! Já não disse que não quero que ela saia de casa? É fantástico!

Esbaforida, a criadinha vai, correndo, chamar a pequena. Enquanto Lúcia não vem, ele explode com as outras filhas que ainda choram:

— Olha aqui: vocês precisam perder a mania de fazer drama, carnaval! Sua mãe não morreu, está bem entregue, tratando-se! — E repete: — Foi fazer um tratamento, pronto!

A medo, Isabel quer saber:

— Fica boa, papai? O médico disse se mamãe fica boa?

Em pé, com as mãos nos bolsos, ele vacila:

— Depende muito. Sei lá. — E acrescenta, com uma crueldade desnecessária: — Quem foi doido uma vez, não endireita nunca mais!

Quando a criadinha apareceu, com o recado do dr. Maciel, Lúcia acabava de dizer a Nonô que ia viajar no dia seguinte. A princípio, o paralítico não entendeu. Lúcia teve que repetir. Atônito, ele pergunta:

— Viajar? Por quê?

Ela o afaga no rosto:

— Você sabe, não sabe?

A nostalgia se antecipa no rapaz; sofre:

— Já?

Explica:

— Papai acha que eu devo ir agora, antes que alguém desconfie.

Na sua cadeira de rodas, Nonô afasta-se; mergulha o rosto nas duas mãos. E, súbito, vira-se:

— Para onde?

Silêncio. Desesperado, ele impulsiona a cadeira; está diante da pequena:

— Por que você não responde? — Agarra-se a ela: — Quero saber para onde.

Baixa a cabeça:

— Não sei.

Balbucia:

— Mas como? Não sabe como?

E a pequena:

— Papai ainda não me disse, meu filho, e...

A criadinha, que dera o recado e voltara, reaparece, aflita:

— Doutor Maciel está chamando. Diz que vem aqui! Está possesso!

Lúcia aperta entre as suas a mão de Nonô:

— Logo que eu puder, eu volto. Até logo, meu anjo.

Corre para casa. Então, de novo só, o paralítico explode. Numa cólera indiscriminada, num ódio que abrange todas as mulheres — passadas, presentes e futuras —, exclama, na sua cadeira de rodas:

— Todas iguais! Nenhuma presta!

No portão, Isabel a esperava. Baixa a voz:

— Corre, que papai está subindo pelas paredes!

Foi encontrar dr. Maciel transtornado. Mas coisa curiosa! Assim que a viu ele mudou, instantaneamente. Toda a sua fúria se extinguiu. Com uma luz doce no olhar, aproxima-se. Vem, de braço com Lúcia, para fora. Encaminham-se os dois para o fundo do quintal arborizado. Ele, ainda trêmulo, está dizendo: "Precisamos conversar muito, minha filha". Pausa e começa:

— Minha filha, não se justifica, não se admite que você faça mistério com o pai do seu filho. Por quê? Não vejo o menor motivo, e nem há. Sim, mistério por quê? — Adoça a voz: — Você vai me dizer agora, não vai? Antes da nossa partida, o nome do pai do seu filho? Vai dizer?

— Não posso.

O velho começa a sofrer; insiste:

— Pode, minha filha. Pode e deve. Se há uma pessoa, no mundo, que precisa saber, sou eu, teu pai.

Ela hesita, ainda:

— Pra fazer o quê?

Só falta jurar:

— Nada! Absolutamente nada! Seja quem for, eu não tocarei num fio de cabelo dessa pessoa... — Pausa e prossegue: — A não ser em defesa própria, ouviu? Vamos que, um dia, o pai do meu neto me ameace, queira me matar e... Quem sabe?

Lúcia ergueu-se, assombrada:

— Matar o senhor? Por quê? Não, papai! Nunca!

Com os olhos cheios de lágrimas, dr. Maciel aperta o rosto de Lúcia entre as mãos:

— Tudo pode acontecer, tudo! Esse, que eu não conheço, pode me odiar, mais tarde. Pode, talvez, ter um motivo de ódio... Responde, meu anjo: quem é ele? Eu conheço?

Vacila:

— Não sei.

— Como? Não sabe como? Explica!

Encara o pai:

— Eu sei que vou ter um filho, mas não sei quem é o pai!

Durante alguns momentos, olharam-se apenas. Dr. Maciel levantou-se, em câmara lenta. Segura a filha pelos braços e a sacode. Nunca esteve tão próximo de odiá-la; repete, estraçalhando as palavras nos dentes: "Não sabe quem é o pai?". E ele, que adorava aquela filha, com obtuso fanatismo, pela primeira vez a ameaça:

— Ou você conta ou te arrebento!

Estupefato, ouviu a filha contar, soluçando:

— O senhor se lembra daquela festa, aí do lado? A festa do casamento da prima de Nonô? Eu bebi vinho... Depois subi e quando acordei... Não me lembro de nada, não sei o que aconteceu, papai!...

16

Desvairado, pergunta:

— É verdade?

E ela:

— Juro!

Dr. Maciel abre o colarinho, afrouxa o laço da gravata, numa angústia de estrangulado. Arquejante, contempla a filha, que chora e repete:

— Não me lembro de nada, nem vi ninguém!

O pai ergue-se. Abre os braços para o teto:

— Graças, oh meu Deus, graças!

Aperta a cabeça da menina de encontro ao peito:

— Você não sabe a felicidade que me deu, minha filha. Eu pensava que você gostasse de alguém e estivesse escondendo o nome do culpado. Mas, se é assim, você não teve culpa de nada, é pura como antes, e eu tirei, de cima de mim, um peso enorme! — Pausa e acrescenta, transfigurado: — Todas as tuas irmãs precisam saber, e já!

AS IRMÃS

Reuniu, na sala de jantar, as filhas casadas. E, então, com o lábio trêmulo, começa:

— Eu vinha observando o seguinte: desde que aconteceu essa desgraça com sua irmã menor, vocês estão satisfeitíssimas, radiantes!

Era uma afirmação tão inesperada e brutal que as moças se entreolharam assombradas. Isabel balbuciou:

— Nós, papai?...

Ele batia na mesa com o punho cerrado:

— Vocês, sim! Ou pensam que eu sou algum cego, que não enxergo um palmo adiante do nariz?

Esperou por uma reação que não veio. Dir-se-ia que o pavor daquele pai, o hábito de uma obediência sem limites, as amordaçava. Dr. Maciel respira fundo e as interpela:

— É verdade ou não é? Minto? — Elevou a voz: — Vocês gostaram ou não gostaram da humilhação de Lúcia?

Ainda Isabel pergunta:

— Mas por quê, papai? — E aventurou, com o assentimento das outras: — Lúcia é como se fosse uma filha para nós!

Dr. Maciel anda de um lado para outro, enquanto as filhas se crispam na cadeira:

— Eu vou explicar por que vocês, na surdina, ficaram contentes. Pelo seguinte: porque vocês sempre tiveram inveja de Lúcia, sempre!

— Oh, papai!

Prosseguiu, implacável:

— Perfeitamente. E é claro! Lúcia é a mais bonita de todas, mais inteligente, mais viva. Eu sei que vocês estão desprezando a irmã caçula. Compreenderam? Mas o que vocês não sabem é o seguinte.

Então, exultante, lembra a festa da casa do lado. Conta que Lúcia misturara bebidas. Refere que adormecera num dos quartos de casa e trincava as palavras nos dentes:

— Vocês perceberam bem? Lúcia é inocente, Lúcia não fez nada, absolutamente nada. O que aconteceu com ela podia acontecer com qualquer uma. — Virou-se para as filhas, interpelava uma por uma:
— Estamos entendidos?

Balbuciaram:

— Estamos.

Ele concluía:

— Ninguém, aqui, fiquem sabendo, é mais nobre, mais digna que Lúcia!

SURPRESA

Quando Aparício soube, pela mulher, caiu das nuvens:

— Mas isso é batata!

E ela:

— Claro!

Ele tirava o paletó, assombrado. Sentou-se, exclamando:

— Que coisa!

Não estava, porém, satisfeito. Insiste:

— Mas ela não sabe? Não desconfia? Não faz uma ideia de quem seja?

— Não, não sabe. Nem faz ideia nenhuma.

Ele pensa um pouco e sugere:

— Vamos fazer o seguinte: você pergunta à sua irmã quais as últimas pessoas que falaram com ela naquela noite. Outra coisa: apura quem estava lá.

A esposa interrompeu:

— Ora, Aparício!

— Ora por quê?

— Evidente! Você acha que isso vai adiantar alguma coisa? Saber quem estava ou deixou de estar? Em primeiro lugar, todo mundo foi à festa, inclusive você.

Tomou um susto:

— Eu?

E ela:

— Você, sim. Então não fomos?

Admitiu, impressionado:

— Sim, fomos.

Calou-se, desconcertado. De mãos enfiadas nos bolsos, já não sabia o que pensar, o que dizer. Anda de um lado para outro e estaca diante da mulher. Mais do que a desgraça em si, assombram-no as circunstâncias:

— Você tem certeza de que Lúcia não sabe? Absoluta certeza? Não é conversa?

— Evidente!

O DESCONHECIDO

Antes de sair, para tomar as últimas providências do embarque, dr. Maciel vem, de braço com Lúcia, até o portão:

— Afinal de contas, foi preferível que tivesse acontecido assim. Ninguém sabe quem foi, inclusive você própria. O miserável é um desconhecido que tomara que não apareça, nunca. — Toma respiração e completa: — Porque assim eu não terei que matar ninguém!

Sai dr. Maciel, entra Lúcia. Na saleta, Aparício está à sua espera. Olha para os lados e balbucia:

— Preciso falar contigo.

— O que é?

Ele baixa a voz:

— Vocês vão para onde? Teu pai ainda não disse, e eu preciso ter o teu endereço. Preciso, ouviu? Onde é?

— Não sei.

Aparício parece espantadíssimo:

— Não sabe como? Você vai para um lugar e ignora para onde? Sabe o que é que isso está parecendo? Um rapto! A impressão que se tem é que teu pai está te raptando. No duro! E não há razão para esse mistério. Você não acha?

Ergueu o rosto:

— Eu não julgo meu pai.

Há uma pausa. Aparício vacila. Finalmente, toma coragem:

— Escute, meu anjo: quando eu digo que preciso saber do teu endereço é porque tenho razões especiais.

Lúcia, surpresa, indaga:

— Que razões?

Toma entre as suas as mãos da cunhada:

— Bem. Eu direi os motivos que, enfim, me dão o direito de saber de ti. Antes, porém, eu lhe pergunto apenas isto: você me perdoa?

Ela não entende:

— Ora essa! Perdoar por quê? Depende. Mas o que foi que você fez?

Silêncio. Lívido, e numa voz que quase não se ouve, Aparício diz:

— Sou eu! Eu! O monstro sou eu! Eu, o pai dessa criança que vai nascer!

O primeiro impulso de Lúcia foi de correr, gritar. Ele, fora de si, estendia as duas mãos. Com um olhar de louco, repetia:

— Eu!...

17

Recua diante do cunhado:

— Foi você? Mas como? Não é possível!

Ele, desfigurado, segura-a pelos braços:

— Eu! — E não domina as próprias palavras: — Estava lá, na festa, ouviu?... Na festa... E vi quando levaram você... Então entrei... — Arquejante, pergunta: — Você me perdoa?...

Lúcia move a cabeça:

— Não!

Parece espantado:

— Por quê?... O que eu sinto por você é amor... — Atropela as palavras: — Ninguém é culpado de amar!... Nem eu, nem ninguém!...

E a pequena, baixo, sem desfitá-lo:

— Vou dizer a papai...

Aparício recebe um impacto. Indaga, como se não entendesse: "Seu pai?". Tem um riso pesado. Subitamente sério, trinca os dentes:

— Não dirá a seu pai, não dirá à minha mulher, não dirá a ninguém! E, se disser, sabe o que acontece?

Encostada à parede, não podia mais recuar. Estão face a face, falando quase boca com boca, sussurra:

— O quê?

Ela não se mexe, e o cunhado fala a seu ouvido:

— Se você contar, das duas uma: ou seu pai me mata ou eu mato seu pai! Compreendeu?

Balbucia, dominada:

— Compreendi.

Então, sentindo que ela já não reage mais, não se rebela, numa docilidade de criança, Aparício se comove também. Tudo o que é desespero, ódio, extingue-se no seu coração. Passa a mão na cabeça da menina, ao mesmo tempo que continua, sempre em voz baixa:

— Antes que apareça alguém, eu quero dizer-te o seguinte: eu não suporto mais a minha mulher. Não me fez nada, admito até que seja um anjo, mas há uma coisa pior do que o ódio — a falta de amor. Se ela fala, me irrita, se não fala, me irrita, se tosse, se espirra, se chora, ri, continua me irritando! — Pausa e, com lágrimas nos olhos, apanhando a mão da menina, faz a pergunta inesperada: — Tu fugirias comigo?

Lúcia se crispa:

— Fugir?

E o cunhado, novamente enfurecido:

— Em vez dessa viagem cretina com teu pai, tu fugirias comigo. Olha! Iríamos para longe daqui, para um lugar que...

Ia continuar, mas a garota interrompe:

— Vem gente aí!

MARIDO E MULHER

Ele não fez um gesto, não diz uma palavra, quando Lúcia, aproveitando, passa por ele, de cabeça baixa. Aparício sofre, na carne e na alma, como se a tivesse perdido para sempre. A pessoa que acaba de aparecer é, justamente, a sua esposa. Ao vê-la, ele não pode esconder a sua irritação profunda. Pensa: "Por que essa idiota veio agora? Por que não demorou mais um pouco?". O que o exasperava era o sentimento de que não dissera tudo, de que restava algo para dizer, talvez a palavra essencial. Olha para a mulher, em silêncio. E seu rosto adquire uma expressão de descontentamento cruel. A esposa, que vira Lúcia passar, interpela-o:

— O que é que vocês estavam conversando?

Respondeu, violentamente:

— É de sua conta?

Quis replicar no mesmo tom:

— É, sim, senhor! — E ajuntou, já com vontade de chorar: — Eu sou sua esposa e você é meu marido!

Na sua cólera fria, Aparício põe as duas mãos nos ombros da mulher:

— Olha pra mim. Estás olhando? Muito bem. Eu vou te explicar apenas o seguinte: vê se não falas mais comigo, vê se não me diriges a palavra, vê se esqueces que eu existo. Percebeste?

Atônita, ela balbucia: "Mas que é isso?!". O marido senta-se, aperta a cabeça entre as mãos:

— É isso mesmo! Até ontem, eu fui uma pessoa. Agora, sou outra, muito diferente. Te juro que tenho medo de mim mesmo!

A esposa ainda ia dizer qualquer coisa. Mas sente na voz do marido, nas suas palavras, em toda a sua atitude, uma tal carga de ressentimento, de violência, que emudeceu. Aparício tinha ainda uma última palavra:

— E se você me encontrar, mais alguma vez, falando com Lúcia, eu não admito observações suas. Digo isso em seu benefício. É só!

Fora de si, ela afasta-se precipitadamente, sobe as escadas correndo, e soluçando. Sozinho, Aparício pensa: "Estou a dois milímetros da loucura!". Nunca experimentara uma vontade tão intensa de chorar e nunca, como naquele momento, estaria disposto a dar tanto ou a dar tudo por uma lágrima.

O DESESPERADO

Então, Aparício experimentou uma necessidade súbita de sair, caminhar, de ir para um lugar onde não visse as caras familiares, que já não suportava mais. Fora de si, deixa a casa e começa a andar sem destino. Houve um momento em que se surpreendeu a falar sozinho. Ri, numa tristeza mortal: "Bom sinal", é o que pensa. De repente, ouve uma voz de homem:

— Aparício! Aparício!

Vira-se e dá de cara com o Telêmaco, um velho amigo dos tempos de solteiro, que não via há meses. Telêmaco, que era um cidadão expansivo, absorvente, trava o seu braço, arrasta-o: "Vem ouvir a maior!". Caminham pela calçada, e Telêmaco pergunta:

— O médico de vocês ainda é o doutor Godofredo?

— É. Por quê?

E o outro, divertidíssimo:

— Pelo seguinte: a mãe de minha sogra tem uns duzentos anos. Para ser exato: oitenta. Pois bem. Um dia destes, a velha apareceu com umas erupções na pele, uma espécie de brotoeja. Vai ao doutor Godofredo e...

Aparício o interrompe:

— Aguenta a mão aí que eu volto já. Espera, ouviu?

A verdade era esta: Aparício acabara de ver o dr. Maciel. Largou o amigo, atravessou a rua e foi abordar o velho, quando este já dobrava a esquina. Bateu no seu ombro:

— Com licença, doutor Maciel.

O outro para:

— Que é que há?

E Aparício:

— Naturalmente, o senhor vai mesmo amanhã?

— Vou. Amanhã, sim.

O genro empalidece:

— Naturalmente, o senhor vai deixar o endereço com a gente, não vai?

— Por que "naturalmente"?

Por um momento, Aparício não sabe o que dizer. Toma coragem, afinal:

— Mas claro! Afinal de contas, seria uma coisa sem cabimento, absurda, que o senhor partisse, com sua filha, sem dizer para onde vai. O senhor não acha?

Encaram-se. Dr. Maciel recupera-se do espanto:

— E que modos são esses? Quem é você para me julgar? Por que é que não se mete com sua vida?

Embora ainda contido, diz as suas verdades:

— Olha aqui, doutor Maciel. Até este momento eu fui um genro idiota, um covardaço, que tremia diante do senhor. Mas esse tempo acabou. Mude de tom ou fique certo de que vai se dar mal comigo!...

O MÉDICO FABULOSO

Enquanto Telêmaco esperava Aparício, passou outro amigo. Telêmaco fê-lo parar: "Vem ouvir a maior!". Era ainda o caso do dr. Godofredo, que não chegara a concluir. Refere que a mãe de sua sogra, uma velhinha de oitenta anos, fora ao médico e que este, depois de examiná-la, anuncia: "A senhora vai ter neném!". A princípio, todo mundo pensou que fosse pilhéria, embora de um gosto duvidoso. Mas o dr. Godofredo estava realmente convicto, reafirmava: "Batata!". A velhinha e uma acompanhante saíram de lá aterradas. A cliente seguinte era uma menina de oito anos, que se fazia acompanhar da mãe. Dr. Godofredo espia a garganta da garota e vira-se para a mãe:

— Sua filha vai ter neném!

Era demais. A santa senhora teve um chilique, ali mesmo. Dr. Godofredo insistia: "Vai ser mãe. Nunca me enganei, ora essa!". Então, já não foi possível a menor dúvida: o homem estava louco. E o sintoma único da insanidade mental era esse. No mais, comportava-se como qualquer outro mortal, parecia de uma lucidez, de uma normalidade perfeita. E Telêmaco, às gargalhadas, cutucava o amigo:

— Já imaginaste os bodes que esse cara armou? Há um mês que diz para todas as clientes — casadas, solteiras, viúvas, moças e velhas — a mesma coisa. Só agora descobriram que o homem está maluco. A loucura dele é achar que todo mundo vai ter neném...

ÚLTIMO CAPÍTULO

DR. MACIEL SENTIU-SE desafiado, desacatado. Fora de si, o genro exigia:

— O senhor vai explicar isso direitinho! Em primeiro lugar, eu quero saber o seguinte: isso é uma viagem necessária ou uma fuga, um rapto? Se é uma simples viagem, imposta pelas circunstâncias, muito bem. Do contrário, eu — batia no próprio peito —, eu não consentirei!...

Sem querer, elevava a voz, chamando a atenção. Transeuntes paravam, interessados. Dr. Maciel olha em torno. Puxa o genro pelo braço:

— Vamos embora, vamos embora! — E baixa a voz: — Isso não é assunto pra ser discutido aqui!

Aparício resistia:

— Como não? É assunto pra ser discutido aqui ou em qualquer lugar!

E o velho, contido:

— Lá em casa, a gente conversa melhor, com mais calma.

Dr. Maciel chama um táxi, que vinha passando. Embarcam. Com a boca torcida, ofegante, Aparício vai dizendo:

— O senhor pensa o que de mim? Que eu sou alguma criança? Está muito enganado! Eu enxergo longe! Sei quais são suas intenções! Sei!...

O sogro, pálido, limita-se a uma ponderação:

— Não se exalte! Calma, calma!

OS DOIS HOMENS

Fizeram o resto da viagem em silêncio. Em casa, dr. Maciel leva Aparício para o gabinete. Fecha a porta, embolsa a chave e vira-se para o genro:

— Bem, seu canalhazinho, agora podemos conversar de homem para homem!

— Ótimo!

Rápido, o sogro o segura, com as duas mãos, pela gola; sacode-o:

— Posso ser velho, mas ainda sou bastante homem para lhe partir a cara agora mesmo. Quer ver?

O outro não reage, mas está sem medo. Sem desfitar o velho, diz, calcando nas palavras:

— Se o senhor me encostar a mão, ainda ótimo, porque eu o mato, doutor Maciel! — E repete: — Eu o mato, tranquilamente!

Por um momento, o velho parece espantado dessa obstinação no ódio. Pergunta, com mais curiosidade do que ressentimento:

— Antes de lhe quebrar a cara, de correr com você daqui, a bofetões, eu quero conhecer os seus motivos. Você assume essa atitude por quê? A troco de quê? Com que direito?

Pausa. Aparício responde:

— Somos rivais. Percebeu? — Soletra: — Ri-va-is.

E o outro, mais espantado do que furioso:

— Como? Não entendo: rivais?

Aparício ri, sordidamente:

— Mas claro! Rivais, sim! Essa viagem, que o senhor vai fazer, não é de pai, não senhor! Compreendeu?

Assombrado, dr. Maciel larga o genro. Senta-se numa poltrona, aperta a cabeça entre as mãos:

— Continua, continua.

E, então, Aparício começa a exaltar-se. Sente que se está deixando arrebatar pela cólera. Ao mesmo tempo, não pode recuar. Irá até o fim. Grita com o velho:

— Gosto de Lúcia, amo Lúcia! Não me interessa minha mulher, nenhuma outra mulher. E outra coisa: pensando bem, não admito esta viagem. Se o senhor insistir, faço escândalo, irei até à polícia. Se há um homem, no mundo, que não pode acompanhar Lúcia, não pode estar sozinho com Lúcia — este homem é o senhor! — Arquejante, com mais sofrimento do que ódio, completa: — Monstro! Monstro!

Dr. Maciel levanta-se. Agarra novamente o genro, trincando os dentes: "Tu vais apanhar nessa cara, seu cachorro!". Vira Aparício com uma bofetada que o apanhou em plena boca. Com os lábios sangrando, o pobre-diabo ergue-se. E é derrubado, outra vez. Mas não reage, nem se defende. Atirado no chão, ele, de gatinhas, ainda instiga dr. Maciel:

— Mais! Bate mais! Bate!

Encostado à parede, o velho passa as costas da mão no suor da testa. Crispa-se, como se, afinal, a própria fúria o saturasse e enojasse. Sem uma palavra, vê o genro levantar-se. Aparício está diante dele. Soluça:

— Dona Ana errou. Eu vou acertar!

Dr. Maciel não entendeu. Ou só entendeu quando viu o revólver aparecer na mão do genro. Sem pena, nem ódio, com a mão firme e o coração implacável, foi atirando. Varado seis vezes, o velho rodou sobre si mesmo e caiu em câmara lenta. Morreu de olhos abertos.

Uma hora depois, na delegacia, subjugado por vários investigadores, Aparício esperneava:

— Eu quero Lúcia, meu Deus! Eu quero Lúcia!...

DESFECHO

Houve as providências policiais inevitáveis e cabíveis no caso. Enquanto as filhas da vítima enchem a rua de gritos, os genros decidem entre si: "Como é? O enterro sai daqui ou da capelinha?". Um vizinho sugeriu:

— Eu acho a capelinha mais negócio! Mais prático!

E Mauro:

— Eu também! Claro! Mais negócio, sim! É o golpe!

Depois da autópsia, o corpo, vestido, composto, foi transportado para a capela ao lado do pronto-socorro. Alta madrugada, surgiu o Telêmaco, espavorido. Lera nos jornais: e como fora uma das últimas pessoas, talvez a última, que tivera contato com Aparício antes do crime, sentia-se direta e pessoalmente interessado. Em pleno velório, falava com um, com outro, numa impressão profunda: "Pare! Que coisa chata!". Vira-se para Isabel e não resiste à vaidade de contar:

— Imagine a senhora! Pouco antes, esse rapaz falou comigo. Eu até estava contando uma história, que não cheguei a concluir porque ele viu o seu pai e... — Pausa, pergunta: — A senhora conhece a história do doutor Godofredo? Conhece?

Isabel volta-se, mau grado seu, interessada: "Não, não conheço". Eram três horas da manhã. O velório chegara numa espécie de ponto morto. Uma sonolência inevitável anestesiava os parentes; muitos trancavam a boca para não bocejar. Apenas Lúcia tinha uma expressão atônita no rosto. De quando em quando, despertava o seu assombro: "Papai não morreu! Não pode ter morrido!". Quando Telêmaco contou o caso do dr. Godofredo, três ou quatro pessoas, além de Isabel, aproximaram-se e ouviram. Assim que Telêmaco acabou, Mauro aperta a cabeça entre as mãos. Pasmo, balbuciou: "Já vi tudo!". O assombro foi geral. A própria Isabel, pondo a mão no lugar da úlcera, pergunta, apavorada:

— Será, meu Deus?

E Mauro, excitadíssimo:

— O golpe é o seguinte: Lúcia precisa ir a outro médico, amanhã mesmo, tirar isso a limpo! Mas que caso sério!...

O fato é que a história de Telêmaco pareceu relegar a figura do morto a um plano secundário. E o cadáver teria ficado num relativo abandono se, quase ao amanhecer, não aparecesse d. Ana. A família obtivera uma licença especial da casa de saúde. Sóbria, com um mínimo de gestos e de palavras, colocou-se aos pés do morto, sem se afastar um segundo. Enquanto os outros discutiam o espantoso caso do dr. Godofredo, d. Ana, em pé, permanecia junto ao caixão, com essa fidelidade de ódio. Pela manhã, quando o enterro ia saindo, taciturna, o rosto inescrutável, d. Ana balbuciava, apenas:

— Bem feito! Bem feito!

LÚCIA

Nessa mesma tarde, todas as irmãs casadas levaram Lúcia a um novo médico. Fizeram um relato minucioso de tudo. Mencionaram o baile etc. etc. O homem ouviu e levantou-se: "Bem. Vamos lá pra dentro. Só examinando". Quando reapareceu, após meia hora, as irmãs se precipitaram: "Como é, doutor?". E ele:

— Não houve nada, absolutamente nada. Essa menina não foi tocada por ninguém. Só um louco podia dizer o que o doutor Godofredo disse.

Silêncio. Mas Isabel queria um pronunciamento mais claro ainda. Arrisca:

— Quer dizer que ela pode se casar direitinho, com véu, grinalda, flores de laranjeira?

E o médico:

— Mas evidente! — Repetiu: — Pode casar direitinho, com véu, grinalda, flores de laranjeira!

O ASSASSINO

No dia seguinte, Telêmaco vai visitar Aparício, na prisão. A princípio inibido, atrapalhado, acabou soltando-se. Ri, meio sem jeito: "Não acabei de contar aquela história. Ouve o resto". Conta a loucura do médico que via, em toda parte, mulheres grávidas. Aparício ergue-se, assombrado:

— Quer dizer que... Eu pensei que fosse uma mulher e não uma menina... E é, realmente, menina, uma cretinazinha...

De um momento para outro, essa pequena, jamais tocada, sem nenhuma marca do demônio, pura e trivial — passou a desinteressá-lo. Tomou-se de um tédio irremediável, de um enjoo de tudo e de todos. Dias depois, arranjou, na prisão, sem que se soubesse como, uma arma. E, então, fez o seguinte: introduziu na boca o cano do revólver (teve a sensação de que praticava algo de obsceno) e puxou o gatilho. Sua chapa dentária descolou.

Sobre *A mentira*,
o folhetim desagradável de Nelson Rodrigues

Mariana Mayor

Em 1953, quando começou a escrever o folhetim *A mentira*, Nelson já havia sido aclamado como dramaturgo pela estreia de *Mulher sem pecado* e *Vestido de Noiva*, pelo grupo d'Os Comediantes (1943), no Rio de Janeiro, e ao mesmo tempo censurado pelas obras dramáticas posteriores, como *Álbum de Família* (1945). Escrevia intensamente reportagens, contos e crônicas em periódicos e havia publicado quatro romances sob o pseudônimo de Suzana Flag, explorando o universo folhetinesco de enorme apelo popular e comercial. Era um escritor reconhecido, polemista e controverso no ambiente intelectual carioca.

A mentira abre uma nova fase de sua produção, antecipando temas presentes em seus contos, romances e peças teatrais. Violência, morte e loucura fazem parte da história que poderia estampar as manchetes da chamada "imprensa marrom", ambientando o enredo numa família de classe média do Rio de Janeiro.

O texto narra a história de Lúcia, uma adolescente de 14 anos que descobre estar grávida, no centro de uma família patriarcal cuja autoridade maior é dr. Maciel – o pai que fez com que todas as filhas mais velhas, casadas, continuassem morando com os maridos em sua casa, sob seu controle. Lúcia, a filha caçula, fruto de uma gravidez tardia da esposa, d. Ana, é a preferida de dr. Maciel, como ele mesmo afirma para a mulher: "Não me peça para ser contra Lúcia, nunca. Entre você e Lúcia, eu prefiro Lúcia. Entre Lúcia e as irmãs, eu fico com Lúcia."

A preferência do pai logo se revela uma obsessão sexualizada, com consequências trágicas para outros membros da família. Desejos ocultos e afetos incontroláveis irrompem a partir da novidade de Lúcia, revelando o mundo privado deteriorado pelas violentas relações familiares.

A escolha do título do romance *A mentira* orienta as expectativas do leitor: o que está oculto e precisa ser revelado na família do dr. Maciel? Ao mesmo tempo, compõe o fatalismo presente nas obras do autor, ou seja, somente a dissimulação dos desejos individuais manteria as convenções sociais. Mas, como os impulsos eróticos dos personagens de Nelson são incontroláveis, a partir do momento em que algo é revelado, escapando do domínio da consciência, inicia-se um processo de deterioração da instituição familiar. A tragédia dos personagens, ou melhor dizendo, a tragédia da família talvez resida na incapacidade do controle dos desejos dos indivíduos: "Toda família tem um momento em que começa a apodrecer", afirmaria o autor.[13]

A perspectiva da família como ambiente de degradação, herdeira do romance realista que denunciou a hipocrisia da sociedade burguesa oitocentista, apresenta-se na obra de Nelson misturada à criação de um universo ficcional miticizante.

Como autor, Nelson Rodrigues tinha interesse por mitos gregos, pelas formas da tragédia clássica, pelas releituras trágicas modernas do dramaturgo norte-americano Eugene O'Neill, mas também pelas narrativas policiais e pelo ambiente da redação – onde se formou como jornalista, sendo inclusive filho de dono de jornal, e viveu tragédias pessoais, como a morte do irmão. Nosso autor também era tradutor de Harold Robbins (criador de best-sellers consagrados ao público adulto masculino, repletos de situações eróticas, como *O machão, O garanhão, Os sonhos morrem primeiro, Ninguém é de ninguém*).

---

[13] RODRIGUES, Nelson. *Flor de Obsessão*. São Paulo: Companhia das Letras, 1997.

Ou seja, Nelson sabia jogar com o apelo mercantil, desenvolvendo uma poética original ambientada na cidade do Rio de Janeiro.

Não à toa, a pesquisadora Adriana Facina cita Nelson Rodrigues, apesar de pernambucano, como um dos inventores do imaginário carioca, ajudando a compor por meio dos seus livros fabulações sobre o universo que ronda o Rio de Janeiro.[14]

Nesse sentido, *A mentira* inaugura o ambiente ficcional que será aprofundado nas chamadas tragédias cariocas, como, por exemplo, *A falecida* (1953), *Perdoa-me por me traíres* (1957) e, principalmente, *Os sete gatinhos* (1958), o qual não se pode deixar de mencionar, em muito se assemelha ao conteúdo deste *A mentira*: na peça, a filha virginal, objeto de obsessão paterna, está no centro de acontecimentos que desencadeiam revelações sobre a família do contínuo carioca, Seu Noronha, expondo as perversidades do ambiente doméstico. Todos os familiares se corrompem para preservar a pureza duvidosa de Silene.

É certo que Nelson era um homem polêmico. Ele se autodenominava "reacionário" – não por acaso, título também de um de seus livros –, e como figura pública esteve à frente de inúmeras controvérsias políticas, assumindo posições, muitas vezes, questionáveis. A visão de mundo impressa em suas obras carrega um moralismo conservador, impactado pelo processo de modernização do país, pelas mudanças de valores e costumes, e pela ascensão de movimentos sociais. Mas, contraditoriamente, Nelson não idealiza o passado, pois, na sua perspectiva universalizante, por vezes mítica, as relações familiares de tempos remotos também se baseiam na violência, na repressão de desejos, nas taras e obsessões sexuais.

É interessante observar as personagens femininas rodrigueanas que aparecem n'*A mentira,* especialmente Lúcia, cuja sexualidade é construída como objeto dos homens da casa do dr. Maciel, pendulando entre a expectativa virginal e pornográfica. Aliás, a sexualidade é a lente através da qual Nelson observa a sociedade carioca

---

[14] FACINA, Adriana. *Santos e canalhas:* Uma Analise Antropológica da Obra de Nelson Rodrigues. Rio de Janeiro: Civilização Brasileira, 2004.

e suas mazelas sociais na elaboração de uma escrita desagradável – parafraseando o próprio autor, interessado pelos "loucos varridos, os bêbados, os criminosos de todos os matizes, os epilépticos, os santos, os futuros suicidas".[15]

Não se pode deixar de mencionar as qualidades de escritor de Nelson Rodrigues, evidente no romance. Entre o estilo jornalístico e teatral, com diálogos ágeis, escrita concisa, o texto envolve o leitor até o final surpreendente, com tons sarcásticos, redimensionando toda a história, inclusive o título da obra.

Para tempos de hipocrisia social e falso moralismo, a leitura de Nelson ajuda a revelar parte de recalques, repressões e violências presentes na sociedade brasileira ainda hoje.

Mariana Mayor é doutora em Artes Cênicas pela ECA/USP. Organiza a revista argentina bilíngue "Teatro situado: revista de artes cênicas com olhos latino-americanos" (desde 2020), é pós-doutoranda do Departamento de História da Universidade de São Paulo, pesquisadora residente da Biblioteca Brasiliana José e Guita Mindlin e atualmente é professora colaboradora do Departamento de Artes Cênicas da UDESC.

---

[15] Trecho do texto *Teatro desagradável*, de Nelson Rodrigues, publicado no primeiro número da revista Dionysos, editada pelo então Serviço Nacional de Teatro, em outubro de 1949.

Este livro foi impresso pela Lis gráfica, em 2022, para a HarperCollins Brasil. A fonte do miolo é Minion Pro. O papel do miolo é pólen soft 80g/m² e o da capa é cartão 250g/m².